www.tredition.de

Diese Geschichten sind im Laufe einiger Jahre entstanden und daher sehr unterschiedlich.

Der Titel ZIMAK und mehr böse Geschichten bezieht sich auf eine der enthaltenen Geschichten.

Ich wünsche meinen Lesern genau so viel Spaß, wie ich bei der Entstehung der Geschichten hatte.

*Lieben **Dank an meinen Mann Wolfgang und meine Kinder Sascha und Annika, die mich immer ermutigt haben, weiter an meinen Geschichten zu arbeiten und auch mit Kommentaren nicht gespart haben.***

*Auch herzlichen Dank an die Mitglieder des Literaturkreises Karlsfeld, die oft mit konstruktiver Kritik hilfreich waren.*

Ingrid Hagenbücher

# ZIMAK

## und mehr böse Geschichten

Eine Sammlung ironischer, phantastischer, grausamer und
lebensnaher Geschichten

www.tredition.de

© 2008   Autorin: Ingrid Hagenbücher       Verlag: tredition GmbH
www.tredition.de
Printed in Germany

ISBN: **978-3-86850-035-6**

Bibliografische Information der Deutschen Nationalbibliothek
Die Deutsche Nationalbibliothek verzeichnet diese Publikation in
der Deutschen Nationalbibliografie; detaillierte bibliogra-fische
Daten sind im Internet über http://dnb.d-nb.de abrufbar.

# Der Osterhase

Es war einmal ein kleiner, süßer Osterhase, der wohnte ganz alleine im Wald. Trotzdem fühlte er sich wohl. Er hatte alles, was ein Osterhasenherz begehrt, genügend Karotten wuchsen zufällig auf einer Lichtung, frisches Gras war überall zu finden und Wasser gab es auch aus einem kleinen Bach. Kurzum, der kleine, süße Osterhase war zufrieden mit sich und seinem Leben.

Jeden Morgen reckte und streckte er sich, glättete sein hellbraunes, glänzendes Fell und rieb sich mit den Pfoten den Schlaf aus den Augen. Dann hoppelte er zum Bach, nahm einen Schluck Wasser, stellte seine Ohren auf und lauschte, ob jemand in der Nähe sei. Nein, bis auf einige Bienen, die in der hellen Sommerluft herumsummten, und einige Ameisen, die auf den Steinen des Bachufers herumkrabbelten und eifrig mit Sammeln von kleinen Stöckchen und anderen Dingen beschäftigt waren, war er allein. Er legte sich zufrieden am Ufer zurecht und ließ sich die Sonne auf das Fell brennen. Das Leben war einfach schön!

Wenn er genug von seinem Sonnenbad hatte, ging er auf Nahrungssuche. Das heißt, weit zu suchen brauchte er eigentlich nicht, er konnte auf der Stelle mit seinem Frühstück beginnen, rings um ihn herum standen die saftigsten Löwenzahnblätter, die es je gegeben hatte. Er ließ sie sich schmecken, schickte zum Nachtisch noch eine junge Karotte hinterher und machte dann ein Verdauungsschläfchen.

Am späten Nachmittag machte er sich dann an die Arbeit. In den letzten Wochen hatte er sich eine ganze Menge Eier von der Hühnerfarm liefern lassen, die lagen nun in einem großen Korb bereit.

Der kleine Osterhase holte seine Farbpalette aus seinem Bau, vorsichtig balancierte er ein Glas Wasser mit seinen Vorderpfoten zu seinem Arbeitsplatz, und los ging's. Er malte und malte, stundenlang beschäftigte er sich mit den kompliziertesten Mustern. Seine Hasenpfoten waren bald voller Farbe, die Zunge hatte er vor lauter Konzentration zwischen die Zähne geschoben. Dies sollten die schönsten Ostereier werden, die er jemals bemalt hatte.

Endlich war er fertig. In dem Korb türmten sich die in leuchtenden Farben strahlende Eier. Der Osterhase war mit sich und der Welt zufrieden. Er nahm noch einen Schluck Wasser, fraß etwas Gras und legte sich dann schlafen. Morgen würde er früh aufstehen müssen, um die Eier bei all den braven Kindern, die schon darauf warteten, zu verstecken. Er stellte seinen Wecker auf 4.00 Uhr früh und rollte sich dann gemütlich ein, schloss die Augen und träumte einen Osterhasentraum.

Am nächsten Morgen, Ostersonntag, machte er sich auf den Weg. Nur mit Mühe konnte er den großen Korb schleppen, aber bald würde er wieder ganz leicht sein. Liebevoll versteckte er die Ostereier in den Gärten, im Gras, unter Büschen und Bäumen. Er stellte sich in Gedanken die Gesichter der Kinder vor, wenn sie seine kleinen Kunstwerke finden würden.

Als der Korb endlich leer war, fielen schon die ersten Sonnenstrahlen auf die Dächer des kleinen Dorfes. Der Osterhase hüpfte mit seinem nun leeren Korb zurück zu seinem Bau. Müde war er von der vielen Arbeit, die glücklicherweise nur einmal im Jahr anfiel. Nun konnte er bis zum nächsten Jahr wieder Kraft sammeln. Sorgsam verwahrte er den Korb an seinem Platz und kroch dann müde in seine Bettkuhle. Ein Schläfchen am Morgen...

Der kleine Osterhase schlief tief und fest und träumte von den Kindern, denen er eine so große Freude bereitet hatte. Er stellte sich vor, wie sie hin und hersprangen, suchten und fanden. Die Welt war heute besonders in Ordnung.

Plötzlich jedoch wurde er aus seinem Schlummer gerissen. Ein lautes Getöse erschütterte die kleine Waldlichtung. Der kleine Osterhase machte einen Satz und stieß sich den Kopf an der Decke seines Baus an. Was war bloß los? Erschrocken rieb er sich die Augen, schüttelte die langen Ohren und versuchte, ganz wach zu werden. Wieder dieses Getöse, die Erde bebte. Er machte einen Satz zum Ausgang seines Baues hin. Was war das nur? Kein Lichtschimmer drang zu ihm. Der Eingang des Baus war verschüttet. Der kleine Osterhase grub verzweifelt mit seinen Pfoten, doch immer, wenn er glaubte, ans Tageslicht gekommen zu sein, fiel wieder Erde nach. Er grub und grub und grub, vergeblich. Schließlich fiel er ermattet um. Sein letzter Gedanke galt den Kindern, die nun vergeblich auf ihn warten würden.

Auf der sonnenüberfluteten Lichtung zog eine Planierraupe weiter ihre Kreise.

*Doch die Geschichte könnte auch anders ausgehen:*

Der kleine Osterhase schlief tief und fest und träumte von den Kindern, denen er eine so große Freude bereitet hatte. Er stellte sich vor, wie sie hin und hersprangen, suchten und fanden. Die Welt war heute besonders in Ordnung.

# Die Ratte, die sich in eine Katze verliebt hatte

Sie lebte einige Zeit in einem alten, nicht mehr im Betrieb befindlichen Abflussrohr. Sie war für sich alleine, konnte den Herdentrieb nicht nachvollziehen, dem sich die anderen ihrer Gattung hingaben. Nein, sie wollte alleine leben. Das bot zwar manche Gefahren für sie, jedoch hatte sie sich bisher immer aus der Affäre ziehen können. Zu essen fand sie genug in der Umgebung, hinter dem Hügel, aus dem das ihr zur Heimstatt gewordene Abflussrohr verborgen war, erstreckte sich ein alter Park. Er wurde im Sommer von vielen Familien frequentiert, die hier mit ihren Kindern Picknicks abhielten. Im Frühjahr und Spätherbst war auch immer viel los, alte Herren gingen spazieren oder saßen mit ebenso alten Damen auf den zahlreichen Bänken, die überall verstreut herumstanden. Selbst im Winter kamen Besucher des Parks, um die vielen Enten, die den kleinen Teich in der Mitte bevölkerten, mit Brotkanten zu füttern. Die Enten wurden dabei dick und fett und konnten sich oft kaum mehr bewegen.

Jedenfalls fiel für die Ratte immer wieder etwas zu fressen ab, sei es, dass ein Kind ungeschickter weise die mitgebrachten Brote herumliegen ließ, ein Rentner auf der Bank seine sorgsam eingepackte Mahlzeit vergaß oder nicht zu Ende aß oder die Enten schon so voll gefressen waren, dass noch jede Menge Brotstücke am Ufer zurückblieben. Ratte Jakob lebte also nicht übel in dieser Umgebung. Und teilen wollte er mit niemandem, auch nicht mit einer Rättin, also blieb er allein. Wenn sich doch einmal jemand seiner Unterkunft näherte, biss er wütend um sich, fauchte und kreischte so lange, bis sich der Eindringling wieder verzog.

An einem wunderschönen Sommermorgen stand Jakob früh auf. Er hatte Hunger. Vorsichtig näherte er sich dem Ausgang seines Rohres, schnüffelte in der Luft herum und versuchte, den Duft von etwas Essbarem aufzufangen. Er hatte Glück. Spät in der gestrigen Nacht hatte sich ein junges Liebespaar auf einer der Bänke niedergelassen und außer einigen Dosen Bier auch ein Hähnchen mitgebracht. Vom Bier und den Gefühlen überwältigt, hatten die jungen Leute das Hähnchen nur etwas angeknabbert, es war noch fast vollständig vorhanden und lag auf der Bank. Jakob nahm den verführerischen Duft mit zuckenden Nasenlöchern auf. Herrlich. Sichernd blickte er sich noch einmal um und huschte dann geduckt in die Richtung, aus welcher der appetitanregende Duft kam. Kurz vor dem Ziel stieg ihm ein anderer Geruch in die Nase. Was war das? Er erblickte eine kleine Katze, die sich mit zierlicher Pfote das Hähnchen mitsamt dem daran klebenden Papier von der Bank zog. Genüsslich machte sich die wirklich winzige, graue Katze darüber her. Jakob blieb stocksteif stehen. Was sollte er tun? Konnte er der Katze, die geradezu lächerlich klein war, die Beute wieder abjagen? Er überlegte hin und her und behielt seine Feindin und Futterräuberin dabei genau im Auge. Sie hatte bereits einen Flügel auf das Sorgsamste abgenagt und wandte sich nun einem der Schenkel zu. Geschickt zerlegte sie mit den zierlichen Pfötchen das Hähnchenteil, um es sodann mit zierlicher Pfotenwendung, fast so, als ob sie mit Messer und Gabel äße, zum Munde, äh, zum Mäulchen zu führen.

Jakob war fasziniert. Noch nie hatte er einen Feind aus solcher Nähe betrachtet. Jedoch, bei genauerem Überlegen, dieses winzige Ding konnte man fast nicht als Feind bezeichnen. Eigentlich war sie richtig süß. Jakob überkamen plötzlich zärtliche Gefühle. Einsamkeit wallte in seiner Brust auf. Behutsam schlich er sich näher. Vielleicht konnten sie sich die Beute teilen? Doch die kleine Katze schien keineswegs gewillt, auch nur das winzigste Knöchelchen abzugeben. Sie kaute und schluckte, nicht gierig, nein, ganz behutsam und sozusagen delikat. Immer noch war mehr als die Hälfte des Hähnchens übrig. Jakob trippelte noch näher heran, er konnte bereits den Atem der kleinen Katze erschnüffeln. Roch eigentlich gar nicht so schlecht. Schließlich war er neben ihr. Sie öffnete das Mäulchen mit den spitzen Zähnen und fauchte. Niedlich sah das aus.

Jakob verliebte sich Hals über Kopf, endgültig. Er musste diese kleine Katze haben! Und natürlich auch etwas von dem Hähnchen, neben den Liebesgefühlen nagte gleichzeitig der Hunger an ihm. Er machte einen Satz und schnappte sich den Rest des Hähnchens. Er biss kräftig hinein. Im selben Augenblick spürte er einen leichten Schmerz in seinem Nacken. Die kleine Katze war todesmutig auf seinen Rücken gesprungen und hatte sich in seinem Hals verbissen. Nicht, dass es ihm besonders weh tat. Es war eher ein Kitzeln, fast schon ein angenehmes Gefühl. Er ließ sich also bei seiner Mahlzeit nicht beirren. Die kleine Katze ließ ihn wieder los und miaute etwas kläglich. Gerührt ließ er den Rest des Essens einen kurzen Moment fallen. Doch darauf schien sie gewartet zu haben. Sie schnappte sich das Hähnchenteil und raste davon. Voller Aufregung suchte sie nach einem Schlupfwinkel. Sie fand eine Öffnung und sauste wie der Blitz hinein. Jakob war im ersten Moment wie erstarrt auf seinen Hinterpfoten sitzen geblieben, doch nun flitzte er wie ein geölter Blitz hinter ihr her. Sie war in seinem Bau verschwunden! Wunderbar, nun konnte er eine Familie gründen, was er zwar nie hatte tun wollen, doch mit dieser süßen Person war das eine ganz andere Sache.

In den nächsten Wochen schleppte Jakob an Futter heran, was er nur erwischen konnte. Die süße kleine Katze schien unersättlich zu sein. Sie fraß und fraß. Nach einiger Zeit war sie nicht mehr süß und klein, sondern fett und groß. Jakob fiel das nicht weiter auf, er sah seine Angebetete nur nachts im Mondlicht und seine verliebten Äuglein sahen immer nur die herzige Gestalt, die er an jenem Abend im Park kennen gelernt hatte. Tagsüber schlief seine Angebetete, manchmal gähnte sie, streckte sich, ringelte sich dann wieder ein und schlief weiter.

Eines Abends war es Jakob nicht gelungen an Futter zu kommen. Der Park war schon seit Tagen wie ausgestorben gewesen, keine Rentner, keine Liebespaare, keine spielenden und schreienden Kinder. In seinen Eingeweiden rumorte es. Auch er hatte fürchterlichen Hunger. Niedergeschlagen kehrte er in sein Abflussrohr zurück. Die Katze blickte ihn aus schrägen Augen funkelnd an. "Wo ist mein Essen?" keifte sie ihn an. Er zuckte mit den Schultern. Den Schatten, der auf ihn zuflog, sah er nicht mehr. Er fühlte nur noch eine unerträgliche Hitze in seiner Kehle aufsteigen, dann war es vorbei. Die süße, fette und große Katze schleckte sich ihre Pfoten ab. Dies war die beste Mahlzeit, die sie seit langer Zeit genossen hatte.

# Liebe wie neu

Warum sollte sie sich das antun? Männer! Sie hatte die Nase gestrichen voll von diesen hartherzigen und egoistischen Machos. Noch einmal würde sie nicht auf das alberne Gesülze von ewiger Liebe und Treue hereinfallen. Genug ist genug und für immer genug. Gedankenverloren blickte sie in den Spiegel. So ein Blödsinn, hatte sie eben gedankenverloren gedacht? Ärgerlich riss sie die Bürste durch ihre langen Haare. Vielleicht sollte sie die Mähne doch abschneiden? Und färben? Und farbige Kontaktlinsen? Eine total neue Frau? Wofür eigentlich? Sven hatte ja eine neue Liebe gefunden, ebenfalls blond und mit blauen Augen wie sie, nur etwas dicker, hihi. Marion starrte sich selbst in die Augen. Was fand er bloß an der albernen Kuh, egal, Schluss damit. Ja, Schluss mit ihr, das hatte er gemacht, aus heiterem Himmel, ohne Vorwarnung. Unsterblich neu verliebt in einen Abklatsch von ihr. Marion malte sich mit einem fetten, roten Stift die Lippen an. Konnte sie jetzt, durfte sie jetzt, kein Sven mehr, der was gegen Schminke hatte und dauernd von Huren redete, die sich so herausputzen würden. Woher wusste er das eigentlich so genau? Sie verließ das Bad und knallte die Tür hinter sich zu. Konnte ihr mal ein Mensch auf der Welt erklären, warum sie diesen verfluchten Typ nicht aus ihrem Kopf bekam?

Marion eilte die Treppe hinunter und fuhr mit ihrem kleinen, verbeultem Auto, liebevoll Albert genannt, ins Büro. Sie arbeitete als Sekretärin für einen Architekten, ein totaler Hektiker. Wenn er auf seinem Schreibtisch herumwirtschaftete, brach Endzeit aus. Heute störte sie sich nicht daran, es wurde Zeit, den Sven-Müll aus ihrem Kopf zu bekommen und dafür bauliche Strukturen hinein. Wie immer floss ihr Schreibtisch über von losen Zetteln, die den Ausschreibungen zuzuordnen waren. Ein heilloses Chaos, Sven hatte sie einmal im Büro besucht und sie bewundert, dass sie überhaupt noch einen Durchblick hatte. Sie seufzte. Schon wieder. Es ging sie einfach nichts mehr an, was dieser doofe Kerl gemeint, gedacht oder gesagt hatte. Liebe auf ewig! Und dann lief ihm ein weiteres blondes Kind über den Weg und weg war er. Sie würde sich die Haare doch färben! Und nun an die Arbeit. Marion schaltete den Computer ein. Sie suchte die Datei, an der sie gestern gearbeitet hatte. Gestern, das war ewig weit weg. Gestern, das war als Sven ihr mit rührend unschuldigem Blick gesagt hatte, dass...

Sie hatte ihn auf einer Party ihrer Freundin das erste Mal getroffen. Liebe auf den ersten Blick, hatte er behauptet und auf sie hinunter-gelächelt. Sie hatte plötzlich Schmetterlinge im Bauch. Sven, einen Kopf größer als sie, braune Haare, braune Augen und verdammt gutaussehend. Was er auch wusste, nahm sie heute an. Damals hatten sie den ganzen Abend keinen Blick voneinander gelassen und waren dann in seiner kleinen Studentenwohnung gelandet. Das war jetzt zwei Jahre her. Sven hatte Forstwirtschaft studiert und war nun fertig, allerdings würde er es nicht einfach haben, einen Job zu bekommen. Konnte ihr doch egal sein, sollte er doch mit sei-nem neuen blonden Engel über grüne Waldwege schreiten.

Verflixt, die Datei war weg. Alle mühsam zusammengetragenen Daten aus der Zettelwirtschaft, futsch, weg. Mist! Sie konnte wie-der von vorn anfangen. "Auch wenn die Arbeit noch nicht ganz fertig ist, mache dir immer einen Ausdruck", hörte sie Sven sagen. Marion knirschte mit den Zähnen. Sollte sie etwa für den Rest ihres Lebens eine alte Platte mit dem Titel "Sven, oh du mein Sven" in ih-rem Kopf abspielen hören? Schluss, endgültig Schluss. Sie bearbei-tete die Tastatur, als ob sie jemanden damit umbringen könnte. Was hatte sie da bloß geschrieben? Zwei Reihen Text: Sven - Schluss - Sven - Schluss und so weiter und so weiter. Sie musste zum Psychiater, sich auf ihren Geisteszustand untersuchen lassen. So ging das nicht weiter.

Mittagszeit. Soll ich Ihnen was mitbringen? Fragte sie ihren Chef. Ja bitte, einen Hamburger. Okay, sagte Marion. Prima, nun konnte sie endlich wieder mal sündigen. "Fast food", hatte Sven spöttisch gemeint, "Gummiburger und Synthetiksalat". Die kulinarischen Köstlichkeiten, zusammengemanscht auf einer Brötchenhälfte, begossen mit roter Allesdeckersoße. Wie kann man so was bloß essen?" Sven stand auf gesunder Hausmannskost. Aber im Ernst, was er kochte, war immer gesund und gelungen. Nun würde er die andere Blonde damit beglücken, sollte er doch. Sie würde sich jetzt an einem Cheeseburger und einem Chefsalat gütlich tun. Marion betrat das Restaurant.

Mitten im Lokal blieb sie plötzlich stehen, die Fersen wie Speedy Gonzales in den Boden gerammt. Das konnte doch nicht wahr sein! Da saß Sven mit Blondie, wahrscheinlich gefärbt, dass ihr das nicht schon früher aufgefallen war, und verdrückte eine Portion Pommes - mit Ketchup. Unglaublich. Sie holte tief Luft. Gleichmäßig atmen, befahl sie sich. Gelassenheit, ich bin ganz ruhig, ich bin ganz ruhig. Sven, du blöder Lackaffe, was willst du bloß von dieser Gans? Wir hatten doch eine prima Zeit zusammen und heiraten hätten wir jetzt auch können. Sie musste an eine Fernsehreklame denken, Kosmetik. Was hat sie, was ich nicht habe? Was hat sie... .

Marion schlenderte - ruhig und gelassen, ganz ruhig - auf den Tisch der beiden zu. Hallo, Sven, sagte sie und Hallo? Das ist Sabine, stellte Sven vor, und das ist Marion. Ich habe dir von ihr erzählt, wandte er sich an Sabine. Die verschluckte sich fast an ihrer Cola. Aha, Deine Ex, so sieht sie also aus. Bisschen dürr, was? Marion blickte kühl auf sie herab: "anscheinend kann er das jetzt kompensieren". Sabine bekam einen roten Kopf. "Also, dann tschüs", sagte sie. "Noch weiterhin guten Appetit", grinste Marion und ging zur Theke. Sie fühlte sich geheilt. Svens Liebe musste unendlich sein, wenn er sogar Ketchup dafür in Kauf nahm. Sie linste über ihre Schulter. Die beiden schienen sich zu streiten. Prima, ein bisschen Rache darf's doch sein, oder? In ein paar Jahren würde die fette Gans total aus dem Leim gehen, da hatte er sich was Tolles angelacht. War sie vielleicht im Bett eine heiße Nummer? Interessant wäre es schon, darüber etwas zu erfahren. Aber sie konnte Sven wohl schlecht fragen, wie das ablief. Sie beide hatten in dieser Hinsicht vollkommen harmoniert, wie Sven sich ausgedrückt hatte. Marion schnappte sich ihre Hamburger und den Salat und schritt - ruhig und gelassen - zum Ausgang. Wenn sie geheilt war, warum dachte sie immer noch darüber nach? Na ja, zwei Jahre ließen sich nicht so einfach wegwischen. Jedenfalls war jetzt Schluss, Ende, das große Aus. Keine Männer, keine Machos, keine Softies mehr. Die große Ruhe.

Nach Büroschluss ging Marion zum Friseur. "Schneiden und Färben, bitte". Die Friseuse sah sie betroffen an. "Ihre schönen langen Haare und echtes blond. Warum wollen sie das tun?" - Ja, warum wollte sie? - Was Sven jetzt hatte, war eine Kopie von ihr, ein Klon. Sie war das Original. "Ich habe es mir anders überlegt", sagte sie und ging schleunigst raus.

Ulrike rief an. "Hast du Lust mitzukommen? Wir gehen heute abends in den Biergarten, bring' auch Sven mit". Marion hüstelte: Äh, ich komme mit, aber ohne Sven. Wir haben uns getrennt". "Was?" , Schrie Ulrike, das musst du mir genauer erzählen. Ihr zwei seid doch das ideale Paar, ich........". Marion unterbrach sie. "Ich komme mit und zwar allein, okay?" Sie legte auf. Raus aus den Büroklamotten, Jeans, T-Shirt, fertig, los. Der Biergarten war gleich um die Ecke.

Ulrike und ihr Mann Klaus saßen bereits an ihrem Stammtisch. Auch einige andere aus ihrer Klicke waren da und hatten Brotzeit und Bier vor sich. Ein Platz war außer ihrem noch frei. "Kommt noch wer?" Erkundigte sie sich. "Ein Freund von mir", sagte Klaus und grinste sie an. "Kenne ich den?" Sie schaute hoch, als ein Schatten über den Tisch fiel. "Sven", sagte sie entgeistert. Er sah sie an. "Marion, ich muss dich um Entschuldigung bitten. Ich habe mich schrecklich geirrt. Versuchst du es noch einmal mit mir?" - Marion ließ sich alle Zeit der Welt. Wollte sie ihn noch? Einen Secondhand Mann? Einen Betrüger, Macho, Idioten, Blödmann, überhaupt - Mann? Sie wollte. "In Ordnung", sagte sie einfach. So blöd kann Frau sein.

# Geliebtes Fröschlein

Prinzessin Morena seufzte tief auf. Das Märchen vom Froschkönig war ihr zu Herzen gegangen. Sie schaute sich um, nein, hier in diesem Felsengarten im Weltreich der Yenoten gab es keine Frösche. Zu schade. Sie blätterte wieder in dem Buch. Der älteste Yenote, Vorsitzender der Weltraumdespoten und ihr Vater, hatte es von seinem jüngsten Streifzug auf die Erde mitgebracht. Die Prinzessin hatte die merkwürdigen Zeichen in ihre Sprache übersetzen lassen. Nun saß sie Tag für Tag auf ihrer Felsenbank und las es wieder und wieder. Sie zerbrach sich den Kopf, wie sie an einen Frosch gelangen konnte.

Nach Yenotischer Lebensrechnung war Prinzessin Morena fast 250 Jahre alt. Im richtigen Verbindungsalter, wie ihre Mutter immer wieder betonte. Aber die Prinzessin war stur, sie wollte keinen Yenoten zur Verbindung, sie wollte einen Prinzen mit einer goldenen Krone auf dem Kopf, einen Froschkönig. Sie schüttelte ihre langen, grünen Haare und kniff die Augen, bis auf das mittlere auf der Stirn, fest zusammen. Das mittlere Auge war für sie das wichtigste, damit konnte sie die Gefühle und Gedanken aller Yenoten um sich herum aufnehmen. Nur eine Prinzessin besaß diese Gabe. Was sie aber bisher aufgefangen hatte, sagte ihr nicht zu.

Die Prinzessin grübelte und grübelte. Dann kam ihr plötzlich die Idee. Sie wollte ihren Vater bitten, sie bei der nächsten Gelegenheit mit zur Erde zu nehmen. Dann könnte sie sich einen Frosch fangen und ihn zum Prinzen küssen. Ganz aufgeregt sprang sie auf und hüpfte auf ihren vier langen Stengelbeinen in das Felsenschloss. "Vater, Vater" rief sie - natürlich auf yenotisch - und ihre Stimme überschlug sich vor Vorfreude. "Ich will mit dir zur Erde, bitte nimm mich mit". "Warum willst du das?" fragte der Vater liebevoll, ich habe dir doch erzählt, dass die sogenannten Menschen dort ein unmögliches Volk sind, ungebildet, unansehnlich, sie haben nur zwei Beine und selbst die, die sich Politiker nennen haben kein drittes Auge, um die Gedanken ihres Volkes aufzufangen. Nein, mein Kind, bleibe besser hier und suche dir einen guten Yenoten mit vier gesunden Beinen". Die Prinzessin verlegte sich aufs Betteln. "Lieber Vater, ich möchte doch so gerne einen Froschkönig. Ich will mir einen Frosch fangen und ihn küssen, wie in dem Buch, das du mir von der Erde mitgebracht hast".

Der Vater schwieg verlegen. Auch er wusste nicht, dass es sich hier nur um ein Märchen, erfunden für Menschenkinder, handelte. Und da er seine Tochter überaus liebte, wollte er dem Kind keine Bitte abschlagen. Er wandte nur ein: "Bedenke doch, mein Kind, wenn du dann den Frosch geküsst hast, wird er wie ein Mensch aussehen und wie willst du ihn dann lieben können?" Doch die Prinzessin wischte alle Bedenken beiseite. Sie wollte auf keinen Einwand hören.

So bestiegen sie dann zusammen mit der Mannschaft beim nächsten Vollmond das Raumschiff. Es war wichtig, dass nur bei Vollmond gereist wurde, da der Mond als Energieträger für das Schiff eine große Bedeutung hatte. Nach fünf Dekaden yenotischer Zeitrechnung, für Menschen ungefähr zwei Monate, landeten sie auf der Erde. Die Prinzessin staunte: keine Felsen, merkwürdiges grünes Gewoge unter ihren Füßen, Gestalten, die ihr Vater Bäume nannte, und zwischendrin etwas, was Bach hieß. Der Vater hatte, um keine Zeit zu verlieren, seinen Schiffskapitän angewiesen, in einer Landschaft zu landen, wo möglicherweise Frösche leben könnten.

Nun machten sie sich auf die Suche, auch die Mannschaft schloss sich ihnen an. Prinzessin Morena öffnete ihr drittes Auge ganz weit, um alle Gefühle aufnehmen zu können, die um sie herum stattfänden. Sie bedachte jedoch nicht, dass sie ja die Sprache und somit auch die Gedanken nicht verstehen würde. Und die Gefühle? Nach dem Buch mussten sie ähnlich sein wie ihre, sonst hätte ihr die Geschichte doch nicht gefallen. Nun war sie ihrem Froschkönig schon ganz nah, sie musste ihn nur noch finden. Und wie sie ihn lieben würde! Er sollte mit ihr zusammen spielen, essen und schlafen. Sie wollte ihm die schönsten Yenoten-Pfirsiche pflücken, ganz harte mit einer lila Haut, die sie selbst am liebsten aß.

Sie durchstreiften lange Zeit die Wiese, fanden aber keinen Brunnen. Der Vater suchte den Bachrand ab, nach dem, was er wusste, musste es hier einfach Frösche geben. Und plötzlich hatten sie Glück: vor ihnen hüpfte genauso ein Frosch, wie er in dem Buch abgebildet war. Entzückt schrie die Prinzessin auf, sie bückte sich, so schnell es trotz ihrer nach menschlichem Ermessen riesigen Größe von 4 Metern ging, und nahm den kleinen, grünen Frosch in ihre Lederhand. Was für ein zartes Ding! Ehrfürchtig bestaunte sie ihn, die großen Augen, die sie verängstigt ansahen, die durchsichtigen Häutchen zwischen den Zehen, endlich hatte sie ihren Prinzen.

Nun stellte sich ihr aber eine schwierige Frage: sollte sie ihn gleich küssen oder erst im Reiche der Yenoten? Ihr Vater riet ihr, mit dem Kuss zu warten, bis man wieder daheim sei. Die Chance, dass es dann ein echter Yenotenprinz werden würde, sei viel größer als hier, wo die Verwandlung möglicherweise schief gehen konnte, das heißt, womöglich ein Mensch zum Vorschein käme. Die Prinzessin zögerte noch, solange hatte sie schon gewartet, sie wollte doch endlich ihre Liebe. Aber dann schloss sie sich doch den Worten ihres Vaters an und verstaute das Fröschlein sorgfältig in der Tasche ihres weiten Schirmkleides.

So traten sie den Rückflug an. Natürlich hatte die Prinzessin auch an die leiblichen Bedürfnisse ihres zukünftigen Königs gedacht, sie hatte ein wenig von dem Gras abgezupft, das auf der Wiese wuchs und auch an Wasser hatte sie gedacht. Während der Rückreise, die der Prinzessin endlos vorkam, schaute sie immer wieder zu ihrem Froschkönig. Doch dieser wurde immer matter und bewegte sich kaum noch. Was hatte sie falsch gemacht? An der Luft konnte es nicht liegen, die Yenoten konnten den gleichen Sauerstoff atmen wie die Menschen. Sie bangte um sein Leben, sprach zu ihm und versicherte ihm immer wieder, wie sehr sie ihn lieben würde. Ihr ganzes Leben lang, versprach sie.

Doch als die Prinzessin ihr Fröschlein bei der Landung in ihre harte Lederhand nahm, tat es noch einen Seufzer und starb dann. Sie war so verzweifelt, dass ihr Vater sich erbot, ihr einen neuen Frosch zu holen. Aber das wollte sie nicht. Sie hatte nur diesen gewollt, und keinen anderen. Nun würde sie für den Rest ihres Lebens um ihn trauern und ihm ewig treu bleiben.

Doch die Zeit verging und Prinzessin Morena verband sich schließlich mit einem yenotischen Prinzen. Sie bekamen viele Söhne und eine hübsche, kleine Tochter, die grünblaue Haare hatte und, selbstverständlich, auch das dritte Auge, das für yenotische Prinzessinnen so wichtig war.

Eines Tages saß Morena, die nun Königin war, wieder in ihrem Felsengarten. Plötzlich rannte ihre kleine Tochter auf sie zu und schwenkte ein Buch in der Hand: "Mutter, lies mir die Geschichte vom Froschkönig vor!"

# Scheuklappen

Ratlos sah sie sich in der Küche um. Was wollte sie eigentlich hier? Sie zupfte nervös an ihrem Rocksaum. Dieser Minirock war schlicht und einfach viel zu kurz, kaum, dass er ihren Po bedeckte. Aber Walter stand darauf, es mache ihn an, wie er immer sagte. Wo blieb er heute nur? Sie wollten am Abend noch mit Freunden ausgehen, deshalb hatte sie sich bereits umgezogen. Diesmal zupfte sie am Ausschnitt des Pullovers. Was der Rock zu kurz war, war der Ausschnitt zu tief. Warum mache ich das mit, fragte sie sich. Na, warum wohl, spöttelte eine Stimme in ihrem Kopf, weil du gnadenlos in diesen Typ verknallt bist. Deinen Grips hast du schon zu Grabe getragen, Dein Selbstbewusstsein ist im tiefsten Keller und wenn du weiterhin nur das tust, was er dir sagt, bist du bald eine komplette Null.

Maria schüttelte den Kopf. Blödsinn! Sie liebte Walter schließlich und warum sollte sie ihm zu Gefallen nicht die Sachen anziehen, die er gerne an ihr sah? Das hatte überhaupt nichts mit Selbstbewusstsein zu tun. Wenn sie wollte, konnte sie sich immer noch umziehen. Sie sah auf die Uhr. Immer noch kein Walter. In einer halben Stunde sollten sie los, er würde bestimmt noch unter die Dusche wollen. Jetzt fiel es ihr wieder ein: wenn er nach Hause kam, wollte er immer eine kleine Mahlzeit serviert bekommen, Schnittchen, schön garniert. Das also war es, was sie in der Küche tun wollte. Sie öffnete den Kühlschrank und nahm Brot, Butter und Aufschnitt heraus. Dazu Cocktailtomaten, Käsewürfel und Essiggurken. Geschickt begann sie, das Ganze herzurichten.

Wieder ein Blick auf die Uhr. Wo blieb er heute nur? Walter war sonst immer sehr pünktlich, er hielt nichts davon, wenn er selbst oder andere sich verspäteten. Zuverlässigkeit ist das wichtigste im Leben, sagte er. Einmal hatte sie vergessen, seinen Anzug aus der

Reinigung zu holen. Er brüllte sie deshalb nicht an, nein, so etwas tat Walter nicht, aber sein Blick sprach Bände. Dann werde ich eben den alten Anzug anziehen, hatte er mit Leidensmine gesagt. Sie kam sich unendlich schuldig vor.

Seit fünf Jahren waren sie zusammen, seit fünf Jahren liebte sie ihn. Und seit fünf Jahren wollten sie heiraten. Nur, dass Walter meinte, sie sollten noch etwas warten, bis sie gereifter für die Ehe seien. Vor allen Dingen sie, Maria. Solange er sich ihrer unbedingten Zuverlässigkeit nicht sicher sei, müsse die Ehe noch warten. Maria war es egal, sie liebte ihn, alles an ihm. Selbst wenn er mit schmutzigen Füßen ins Bett ging und sie deshalb am nächsten Abend nach der Arbeit die Bettwäsche erneuern und waschen musste. Sie wollte nicht kleinlich erscheinen. Auch an die Art, wie er beim Essen schmatzte, hatte sie sich gewöhnt. Sie war schließlich nicht kleinlich und wahre Liebe übersieht derartige Nebensächlichkeiten. Wichtig war nur, dass er sie liebte. Und das tat er, da war sie sich sicher. Manchmal, wenn sie nach langen Überstunden in der Arbeit zu Hause noch aufräumte, Walter ließ ab und zu seine Wäsche in der Wohnung verstreut liegen, tätschelte er ihr liebevoll den Rücken und ermunterte sie mit den Worten: "Wie tüchtig du doch bist, das liebe ich so an dir". Dann fiel ihr alles wieder ganz leicht und sie machte ihm ein extra gutes Essen.

So war es auch gestern Abend gewesen. Maria war erst spät, gegen 9.00 Uhr nach Hause gekommen. Walter saß in seinem Fernsehsessel und begrüßte sie, nachdem er die Sendung zu Ende gesehen hatte. Er habe einen Riesenhunger, sagte er, ob sie nicht auf die Schnelle was Schnuckeliges zaubern könne? Maria hatte eigentlich vor gehabt, eine tiefgekühlte Pizza in den Backofen zu schieben, doch Walter hatte eingewandt, er möge lieber frische Pizza, die Hersteller dieser Waren seien ihm nicht zuverlässig genug. Natürlich, daran hätte sie denken sollen. Sie eilte in die Küche und inspizierte den Kühlschrank. Viel war nicht da, nur der Braten für Sonntag lag schon bereit. Walter folgte ihr und sah selbst in den Kühlschrank. Der Braten, das isses! Darauf habe ich Appetit. Maria wollte etwas einwenden, aber dann dachte sie: "er hat den ganzen Tag hart gearbeitet, da ist es doch selbstverständlich, dass er etwas Ordentliches essen will.

Als die Mahlzeit schließlich auf dem Tisch stand, war es bereits elf Uhr nachts vorbei. Maria gähnte verhalten. Sie war todmüde und hinterher musste sie noch die Küche in Ordnung bringen. Walter schmatzte beglückt. Liebe Maria, sagte er kauend, du bist zwar immer noch etwas unzuverlässig, aber Kochen, das kannst du. Maria lächelte ihn an und unterdrückte ein erneutes Gähnen. Wenn er nur glücklich war!

Nach dem Essen setzte sich Walter zufrieden und voll in seinen Fernsehsessel und langte nach der Zigarettenschachtel. Das Rauchen konnte und wollte er sich nicht abgewöhnen. Er brauche das zur Beruhigung seiner Nerven, sagte er. Das konnte Maria verstehen, seine Arbeit als Aufseher einer Reinigungskolonne war aufreibend. So drang sie nicht weiter in ihn. Sie selbst musste sich bei ihrer Arbeit als Bedienung in einem großen Restaurant sicher nicht so schinden wie er, auch wenn sie fast täglich Überstunden machte.

Walter öffnete die Zigarettenschachtel. Sie war leer. Maria, rief er in die Küche, kannst du mir auf die Schnelle ein paar Zigaretten vom Automaten holen? Doch Maria antwortete nicht. Sie war am Küchentisch zusammengesunken und schlief fest. Ärgerlich ging Walter wieder hinaus und entschloss sich, diesmal selbst den Weg um die Ecke zu machen. Aber ein weiteres Mal würde er ihr das nicht durchgehen lassen.

Walter kam nicht bis zum Automaten. Ein Lastwagen, der in rasendem Tempo die Straßenecke schnitt, überfuhr ihn.

Irgendwann in der Nacht zuvor war Maria am Küchentisch aufgewacht. Sie war fast schlafwandelnd ins Bett gegangen und hatte morgens, als sie erwachte, angenommen, dass Walter bereits in die Arbeit aufgebrochen sei. Ganz entfallen war ihr, dass er sie gewöhnlich für die Zubereitung seines ausgiebigen Frühstücks zu wecken pflegte.

Nun steht Maria immer noch in der Küche und macht liebevoll Schnittchen für Walter. Hin und wieder wirft sie einen besorgten Blick auf die Uhr.

# Erste Liebe

Ich war damals in der vierten Klasse und etwas mehr als 10 Jahre alt. Einer der Mitschüler war ein hübscher, blonder Junge, immer gut gelaunt und fröhlich. Ich hatte ihn schon wochenlang heimlich beobachtet und wünschte mir nichts sehnlicher, als mich einmal mit ihm zu unterhalten. Jedoch blieben damals Jungen und Mädchen in den Schulpausen streng voneinander getrennt, die Chance auf ein Treffen war also gleich Null.

Eines Tages sollten wir im Kunstunterricht eine Zeichnung anfertigen. Sie sollte ein Gebäude darstellen, das wir aus irgendeinem Grund besonders mochten. Nun hatten die Eltern meiner heimlichen Anbetung einen Bäckerladen. Auf einem großen Schild über der Bäckerei stand der Name in Großbuchstaben: Familie Heinz Weigand. Und mein blonder Schwarm hieß Jens. Ich beschloss daher, dieses Geschäft in meinem Bild festzuhalten und zeichnete eifrig drauflos. Der Lehrer ging von Bank zu Bank und schaute abwechselnd den Kindern über die Schultern. Zu mir bemerkte er, als er die von mir dargestellten Brote, Kuchen und Brötchen im Schaufenster des Ladens sah: "Ich glaube, dir gefällt das Essen besonders gut, was? Aber ihr armen Flüchtlingskinder habt wohl nie genug davon gehabt". Mir war das sehr peinlich, zumal ich damals mehr viereckig war als alles andere. Dann fügte er noch hinzu: "Du solltest Deinem Bäckerladen einen Namen geben, das ist bei den meisten Geschäften so üblich, dass die Inhaber auf einem Schild genannt werden".

Als er weiterging, begann ich zu überlegen. Ich wagte es nicht, direkt den Namen "Weigand" hinzuschreiben. Als uns vom Lehrer gesagt wurde, dass wir nur noch fünf Minuten Zeit hätten, schrieb ich wild entschlossen die Buchstaben: "Weiland". Ich hatte also nur einen Buchstaben ausgetauscht. Dann wurden unsere Zeichnungen eingesammelt, besprochen werden sollten sie in der nächsten Stunde am Freitag.

Die folgenden zwei Tage war mir immer mulmiger zumute. Das mit dem Namen war doch wohl zu auffällig gewesen. Ich wappnete mich mit Gleichmut, den ich aber gleich wieder verlieren sollte. Unser Kunstlehrer nahm mein Blatt in die Hand, hielt es vor der ganzen Klasse hoch und lobte meine Arbeit in den höchsten Tönen, die gelungene Zeichnung, die Perspektive, kurz gesagt, er hielt das Ganze für ein Meisterwerk. Noch während er genauer erklärte, was ihm besonders daran gefiele, begann in der Klasse ein Flüstern und Kichern, das immer lauter wurde. Da ich ganz vorne saß, musste ich mich umdrehen um etwas mitzubekommen. Ich fing einen Blick von Jens auf, der mich wütend anstarrte und dann eine Drohgebärde mit der Faust machte. Das Blut stieg mir in den Kopf, ich wusste, dass ich rot wie eine Tomate war. Mir wurde ganz schwindelig und mein Magen fühlte sich komisch an. Am liebsten wäre ich hinausgelaufen. Aus der hintersten Reihe rief plötzlich jemand: "Ingrid ist verliehibt, in Jehens". Unser Lehrer hob die Hand, damit wieder Ruhe einkehren sollte. Ich wäre am liebsten im Sinne des Wortes im Boden versunken. Erst jetzt sah der Lehrer den Zusammenhang zwischen meiner Beschriftung und dem Namen Weigand. Er lächelte jedoch nur und meinte: "das wird sicher ein Zufall gewesen sein".

Die Klasse hielt das nicht für einen Zufall. In den nächsten Wochen hatte ich einiges an Hänseleien auszuhalten, ganz abgesehen von den verächtlichen Blicken, die mir Jens zuwarf. Irgendwann geriet die Sache glücklicherweise in Vergessenheit, außerdem verließ ich die Schule, um das Gymnasium zu besuchen.

Ein kleines Nachspiel hatte diese meine erste Liebe einige Jahre später. Als Teenager traf ich Jens auf einer Tanzparty wieder. Ich

war enttäuscht. Das früher so strahlende Blond schien mir schmut-
ziggrau geworden zu sein, inzwischen war er fett und ich schlank,
und überhaupt, was hatte ich bloß an dem Typen gefunden?

# RICKYMICKY

Ricky und sein Hund Micky waren unzertrennlich. Deshalb nannten die Leute ihn und seinen Hund nur Rickymicky, weil nie einer ohne den anderen auftrat. Für Ricky war der Hund seine ganze Familie. Ricky war erst 18 Jahre alt, aber bereits Vollwaise. Seine Eltern waren bei einem Verkehrsunfall ums Leben gekommen. Als es passierte, war Ricky gerade von seinem Lehrherrn aus der Lehre geworfen worden. Es war nur eine läppische Kleinigkeit gewesen, wegen der sich sein Boss aufgeregt hatte, jedoch hatten sich derartige läppische Kleinigkeiten in der letzten Zeit gehäuft und sein Boss sagte zu ihm: "Junge, ich habe die Schnauze voll von dir. Ich werde dafür sorgen, dass du in keiner anderen Autowerkstatt noch ein Bein auf die Erde bekommst. Und nun verschwinde. Ricky hatte ihn angebrüllt: "Sie können mich mal, Sie alter Leuteschinder!" Dann hatte er seine Sachen gepackt und war nach Hause gegangen. Er war überzeugt, dass sein alter Herr die Sache schon wieder ausbügeln würde, wie er es schon so oft getan hatte.

Daheim wurde Ricky von Micky begrüßt. Schwanzwedelnd und bellend lief der junge Schäferhund auf ihn zu und sprang ihm in den Arm. Ricky hatte den Hund im letzten Jahr von seinen Eltern bekommen, sie meinten, der Umgang mit einem Tier könnte sein Sozialverhalten positiv beeinflussen. Leider geschah das nicht. Ricky war weiterhin unerträglich, legte sich mit allen möglichen und unmöglichen Leuten an, tobte, schimpfte, beleidigte und verhielt sich so, als hätten die Eltern nicht alles Menschenmögliche getan, um ihn zu einem umgänglichen Menschen zu erziehen. "Warum kannst du nicht einmal einfach nur nett sein?" Hatte seine Mutter ihn oft gefragt. Ricky konnte nicht. Den Hund jedoch liebte er über alles. Während Ricky an seinem Ausbildungsplatz war, blieb Micky daheim, wurde von der Mutter ab und zu ins Freie geführt, um sein Geschäft zu verrichten, jedoch alles andere überließ sie Ricky. Kaum war er zu Hause, kümmerte er sich um seinen Hund. Wenigstens in dieser Hinsicht hatte er nun Verantwortung übernommen. Ansonsten musste der Vater immer wieder den Lehrherrn beruhigen, der, genauso wie die anderen Kollegen, mit Rickys ruppiger Art nicht zurechtkommen konnte.

Auch an diesem schicksalhaftem Tag nahm Ricky seinen Micky sofort an die Leine, um mit ihm einen längeren Spaziergang zu machen. Unterwegs ließ er ihn frei herumlaufen, denn Micky hörte aufs Wort. Sogar allerlei Kunststücke hatte Ricky ihm beigebracht. Er apportierte, sprang über Hindernisse, holte weggeworfene Stöckchen und konnte einen Keks auf der Schnauze balancieren. Die beiden amüsierten sich königlich und einige Kinder, die sie unterwegs trafen, riefen hinter ihnen her: "Rickymicky, du bist Schicki". Was das heißen sollte, wusste eigentlich niemand, die Kinder jedenfalls fanden es toll. Ricky drohte, ihnen Micky auf den Hals zu hetzen, tat es aber letztendlich doch nicht. Er wusste, dass sein Vater ihm dann den Hund wieder nehmen würde. Nachdem sie sich gründlich ausgetobt hatten, traten sie den Rückweg nach Hause an.

Dort stand ein Polizeiauto vor der Tür, in dem zwei Polizeibeamte saßen. Ricky erschrak. Hatte sein Chef ihm die auf den Hals gehetzt? Ricky hatte in der letzten Woche zwei Autoradios verschwinden lassen und zu einem günstigen Preis an seine Spezis verkauft. Mit seinem Lehrlingsgehalt kam er nie aus, die vielen Wünsche, die er sich erfüllen wollte, waren größer als die läppischen paar Mark, die er verdiente. Von den Eltern, die selbst nicht viel hatten, war da nichts zu erwarten. Einer der Polizeibeamten stieg jetzt aus dem Auto. Ricky wartete erst mal ab. Er ließ Micky Sitz machen. Der Beamte kam auf ihn zu. "Sind Sie Ricky Wächtler?" Fragte er. "Warum?" machte Ricky. Der Beamte erklärte nun: "Ich komme wegen Ihrer Eltern. Es hat einen Unfall gegeben". Er sah Ricky mitleidig an. Ricky erschrak. Was sollte das, einen Unfall? "Was ist passiert?" Wollte er wissen. Der Beamte legte einen Arm um Rickys Schultern. Micky knurrte, wurde aber von seinem Herrchen zur Ruhe gebracht. "Ihre Eltern sind bei dem Unfall ums Leben gekommen, sie waren beide auf der Stelle tot". Er machte eine Pause. "Zumindest haben sie nicht leiden müssen", fügte er hinzu. "Das glaube ich nicht", sagte Ricky, der blass geworden war. "Sie müssen jeden Moment nach Hause kommen, das ist wohl ein übler Scherz, was?" – "Leider nein", versicherte ihm der Polizist und verstärkte den Druck auf Rickys Schultern. "Sie werden uns begleiten müssen, wegen der Identifizierung, oder gibt es noch Verwandte, die das tun könnten?" Ricky verneinte. Er fühlte sich wie versteinert. Langsam setzte er einen Fuß vor den anderen, um Micky ins Haus zu bringen. Dann stieg er in den Wagen der Polizei ein. Er sprach kein Wort mehr, bis sie im Krankenhaus, wo man die Eltern hingeschafft hatte, angekommen waren. Auch hier verlor er kein überflüssiges Wort, keine Tränen. Als man ihm die Überreste seiner Eltern zeigte, nickte er nur bestätigend mit dem Kopf. Das waren seine Eltern.

Nachbarn halfen Ricky mit der Beerdigung. Als alles vorüber war, machte er eine Art von Bestandsaufnahme. Was hatte er und was sollte aus ihm werden? Das Haus der Eltern war nur gemietet, Ricky würde die Miete von seinem Lehrlingsgehalt nicht aufbringen können. Außerdem, fiel ihm wieder ein, hatte der Chef ihn rausgeworfen. Geld war so gut wie keines vorhanden, selbst die Rechnung vom Beerdigungsinstitut würde er vorerst nicht zahlen können. Das einzige, oder vielmehr der einzige, der ihm geblieben war, war Micky. Und Micky brachte Futter, genauso, wie Ricky auch etwas zu essen brauchte. Doch woher sollte das kommen?

In den nächsten Tagen machte Ricky alles zu Geld, was sich im Haushalt finden und auch verkaufen ließ. Als er damit fertig war, befand sich in der Wohnung außer seinem Bett und Mickys Korb, den er als Schlafstelle benutzte, fast nichts mehr. Sogar den Fernseher hatte er verkauft. Zumindest für die nächsten Wochen hatten sie beide genug für den Lebensunterhalt. Doch Ricky hatte nicht an die Miete gedacht, die am ersten des Monats fällig wurde. Der Hausherr hatte ihm einige Tage Schonfrist zugestanden, wegen des schweren Verlustes, der ihn betroffen hatte. Doch nun drängte er auf Zahlung. Ricky schlug ihm die Tür vor der Nase zu. "Bleiben Sie mir vom Halse, Sie Halsabschneider!" Schrie er ihn durch das geöffnete Küchenfenster an, "Von mir kriegen Sie keine Kohle, Sie Aasgeier Sie!"

Schließlich blieb Ricky nichts anderes übrig, als das Haus zu verlassen. Strom- und Heizung waren abgestellt worden, das Wasser ebenfalls. Ricky packte einige wenige Habseligkeiten in einen Rucksack, nahm Micky an die Leine und ging, ohne sich noch einmal umzusehen, davon. Wo sollte er jetzt hin? Er hatte nur noch wenige Mark in der Tasche, nicht einmal genug für Hundefutter. Jemand hatte ihm den Tipp gegeben, sich bei der Gemeinde obdachlos zu melden, man würde ihn unterbringen müssen. Und da er keine Lehrstelle mehr fand, sein ehemaliger Chef hatte sein Versprechen, ihn überall anzuschwärzen, eingelöst, vorerst würde Ricky auf das Sozialamt angewiesen sein.

In einem alten Haus erhielt Ricky ein kleines Zimmer. Allerdings hatte man ihm bedeutet, er müsse den Hund abschaffen. Das würde er nie tun. Micky war das einzige, was ihm geblieben war. Die Eltern vermisste er nicht besonders, warum auch? Sie waren ständig hinter ihm her gewesen mit unerbetenen Ratschlägen und Ermahnungen. War ihm richtig auf den Keks gegangen. Jetzt konnte er wenigstens seine Freunde ab und zu in die Bude einladen, sie brachten auch genügend Stoff, sprich Bier mit, um einmal richtig einen drauf zu machen. Ricky fand das Leben ganz angenehm so. Stundenlang ging er mit Micky spazieren. Sich um eine neue Lehrstelle zu kümmern, hatte er keinen Bock. Das Geld vom Sozialamt reichte ihm gerade so. Ein kleines Zubrot verdiente er sich mit Einbrüchen in Gartenhäuschen, wo er ab und zu Brauchbares zum Verscherbeln fand. Micky hatte er abgerichtet, bei seinen Einbrüchen Schmiere zu stehen. Wenn immer sich jemand näherte, der ihn hätte entdecken können, gab Micky Laut, und das so rechtzeitig, dass Ricky sich aus dem Staub machen konnte. Alles bestens, das Leben hatte auch gute Seiten.

Doch eines Tages war Micky verschwunden. Ricky hatte ihn während einer seiner Streifzüge von der Leine gelassen und Micky war einer Katze nachgejagt. Ricky pfiff, rief, brüllte. Kein Micky. Nach stundenlangem Suchen ging er mit schleppenden Schritten, wie ein alter Mann, zurück zu seinem Zimmer. Unterwegs fiel ihm etwas ein: Micky hatte immer alleine nach Hause gefunden, er war schon ein paar mal, als er noch sehr jung war, ausgerissen und hatte sich dann nach einigen Stunden wieder vor dem Haus eingefunden. Warum sollte es dieses Mal anders sein? Ricky ging schneller, bestimmt würde Micky bereits vor dem Haus auf ihn warten.

Einige Kinder in der Straße riefen hinter ihm her: "Hey, Ricky, wo ist Micky?" Er drohte ihnen mit der Faust, die Kinder ließen sich jedoch nicht beirren und schrieen weiter: "Rickymicky ohne Micky ist kein Schicki!" Ricky drehte sich abrupt um und lief dem kleinsten Kind, einem rothaarigen Buben, hinterher. Der Kleine war gerade mal vier Jahre alt, ein zierliches und hübsches Kind. Ricky fasste ihn grob am Arm, verdrehte diesen und fuhr den Jungen an: "Was soll der Scheiß, halt endlich die Klappe, sonst schick ich dir mal den Micky". Der Junge fing an zu weinen. Ricky schleifte ihn hinter sich her. "So, wir gehen jetzt zu Micky, der wird dich verfrühstücken". Als das Kind immer lauter schrie und die anderen Kinder aus sicherer Entfernung hinter ihm herliefen und ebenfalls schrieen, ließ Ricky den Jungen wieder los. "Geh zum Teufel", sagte er zu ihm und gab ihm einen Stoß. Der Junge rannte schluchzend davon. "Das sag ich meiner Mama", keuchte er noch im Laufen. "Dann sag's ihr doch", grummelte Ricky und stampfte weiter. Micky sollte etwas erleben, wenn er ihn erwischte.

Micky war aber nicht zuhause. Er war nirgends, und niemand wollte ihn gesehen haben. Nach einigen Tagen erhielt Ricky einen Tipp von einem Freund, einem der wenigen, die ihm noch geblieben waren, nachdem selbst diese üble Gesellschaft, in der er sich bewegte, die Nase voll von seinen Unverschämtheiten hatte. Dieser Freund riet ihm, sich einmal im Tierheim umzusehen. Ricky machte sich sofort auf den Weg. "Ich will meinen Hund", sagte er zu der Frau, die er dort antraf. Die Frau musterte ihn von Kopf bis Fuß. Er sah ziemlich abgerissen und ungepflegt aus. Seit Wochen hatte er sich nicht mehr rasiert, die Jeans waren voller Löcher und die ursprüngliche Farbe seines Sweatshirts konnte nicht mehr erraten werden. Außerdem hatte Ricky eine bedrohliche Haltung angenommen, seine Augen glitzerten. "Wo ist mein Hund? Geben Sie ihn mir auf der Stelle'" forderte er. Die Frau wich einen Schritt zurück. "Ich weiß überhaupt nicht, ob wir Ihren Hund hier haben", sagte sie. "Und außerdem müssten Sie in dem Fall erst beweisen, dass es sich tatsächlich um Ihren Hund handelt. Wie sieht er denn aus?" Ricky beschrieb Micky ausführlich. Die Frau zögerte immer noch. Da nahm Ricky die Sache selbst in die Hand. Er stieß sie zur Seite, rannte durch das Gebäude und an den verschiedenen Drahtgehegen entlang. "Micky", brüllte er ein ums andere Mal. Und dann hörte er ihn. Micky war in einem Gehege zusammen mit mehreren anderen Schäferhunden eingesperrt. Als er Mickys Stimme gehört hatte, war er wie wild am Gitter empor gesprungen. Er bellte aus Leibeskräften, lauter als die anderen Hunde. Ricky streckte die Hand durch das Gitter und kraulte seinen Kopf. "Ist schon gut, alter Junge", sagte er, "ich hole dich hier raus". Die Frau war ihm inzwischen gefolgt. "Sie werden niemand hier herausholen", sagte sie, plötzlich energisch geworden. "Dieser Hund wurde uns von der Gemeinde zur Pflege übergeben. Das Tier stammt aus einer Obdachlosenunterkunft, in der Haustiere nicht erlaubt sind. Er wird also hier bleiben müssen". Sie stellte sich mit verschränkten Armen vor der Tür des Geheges auf. "Der Hund bleibt hier. Außerdem muss ich Ihnen sagen ..."

Ricky ließ sie nicht ausreden. Er ergriff eine Eisenstange, die vor dem Käfig auf der Erde lag und hieb sie der Frau über den Kopf. Mit einem Klagelaut ging sie zu Boden, aus einer Kopfwunde quoll das Blut heraus. War sie tot oder nur bewusstlos? Ricky war das egal. Er wollte seinen Hund. Nach kurzer Suche hatte er den passenden Schlüssel gefunden. Micky sprang in seine Arme, leckte über sein Gesicht, winselte und wedelte wie wild mit seinem Schwanz. Ricky küsste ihn auf den Kopf, packte ihn dann am Halsband und verließ das Tierheim. Rickymicky war wieder ein komplettes Team.

In den nächsten Tagen dressierte Ricky seinen Hund. Hatte er früher nur angedroht, das Tier auf Menschen loszulassen, so brachte er Micky jetzt bei, auf den Befehl "Fass!" zu reagieren. Er übte mit ihm, indem er sich ein altes Handtuch um den Arm wickelte und Micky musste ihn dann angehen. Nachdem diese Übung mit Erfolg abgeschlossen war, wickelte Ricky sich das Handtuch um die Kehle. Er würde aus Micky die perfekte Tötungsmaschine machen, niemand sollte jemals wieder auf die Idee kommen, ihm seinen Hund wegzunehmen.

Sein Ausflug in das Tierheim hatte keine Folgen gehabt. Jedenfalls war bis jetzt nichts in der Zeitung gewesen, das auf eine Verfolgung des Täters hingedeutet hätte. Auch von einem Überfall war keine Rede gewesen. Vielleicht hatte sich die Frau auch nur tot gestellt? Ricky fühlte sich noch etwas unsicher wegen dieser Geschichte, aber im Recht. Wahrscheinlich hatte man dort selbst eingesehen, dass es nicht richtig gewesen war, ihm seinen Hund zu nehmen. Nach ein paar Tagen dachte er nicht mehr an die Sache. Hauptsache, er hatte Micky wieder.

Doch Micky schien sich zu verändern. Der Aufenthalt ihm Tierheim musste ihn durcheinander gebracht haben. Manchmal gehorchte er den Befehlen seines Herrn nur unwillig, ständig hatte er Durst, Fressen wollte er oft überhaupt nicht. Er magerte ab. Sein Blick verschleierte sich. Er knurrte Ricky sogar an, beruhigte sich dann jedoch schnell wieder. Das würde sicher vorübergehen.

Eines Morgens, vielmehr war es fast schon Mittag, wälzte sich Ricky schlaftrunken von seiner Matratze. Mühsam öffnete er die Augen. Am Abend zuvor war es spät geworden, ein Kumpel hatte gleich eine ganze Kiste Bier und noch Schnaps vorbeigebracht. Die hatten sie gekillt. Auch Micky hatte eine Schüssel voll Bier abbekommen. Ob ihm auch schlecht davon war? Ricky schaute in die Richtung des Korbes. Micky war nicht darin. Dann sah er ihn. Er hatte die Vorderpfoten auf das Bettende gelegt, bzw. das Ende der Matratze, sein Rachen war weit geöffnet und er knurrte. Die Augen waren blutunterlaufen, die Zunge hing aus dem Maul. "Aus", wollte Ricky rufen. Aus seinem Mund kam "Fass!"
Die Meldung in der Zeitung war nur kurz: Warnung, Tollwutgefahr. Nachdem sich bei einem der Hunde, die in der letzten Zeit im Tierheim abgegeben wurden, der Verdacht auf Tollwut ergeben hatte, wurden die übrigen Tiere unter Quarantäne gestellt. Wie sich vor einigen Tagen herausstellte, hat der ursprüngliche Besitzer seinen Hund gewaltsam wieder aus dem Tierheim entfernt. Dabei war eine Betreuerin verletzt worden. Erst jetzt konnte die Identität des Täters festgestellt werden. Er lebt nicht mehr, der Hund befindet sich noch auf freiem Fuß. Vorsicht ist geboten!

Ein kleiner, rothaariger Junge lief auf der Straße einem Schäferhund hinterher. "Er schrie: "Micky, Micky, ohne Ricky, ist nicht
Schicki!" Doch der Hund lief weiter, der Junge holte ihn nicht ein.

# Tugend

Susanne war ein bildhübsches Mädchen. Ebenmäßige Züge, schwarze, gelockte Haare, blaue, strahlende Augen und lange dunkle Wimpern. Der kleine Leberfleck, der ihr linkes Jochbein zierte, betonte noch ihre Schönheit. Susanne war schlank und von durchschnittlicher Größe. Männer drehten sich auf der Straße nach ihr um. Dabei war sie keinesfalls provozierend gekleidet, meistens trug sie Faltenröcke, die bis über das Knie reichten und dazu Pullover in gedeckten Farben oder weiße Blusen mit einem braven Bubikragen. Ihre Eltern beteten sie an, sie wiederum betete ihre Eltern an und tat alles, um ihnen das Leben zu erleichtern.

Ihre Mutter war erst in späten Jahren mit ihr schwanger geworden, zu einem Zeitpunkt, wo eigentlich die Menopause schon hätte einsetzen sollen. Daher war ihre Mutter, jetzt, wo Susanne bereits 20 Jahre alt war, selbst schon 65 und gesundheitlich nicht mehr ganz auf der Höhe. Susannes Vater war sogar schon 75 und beide bereits in Pension. Sie lebten ein beschauliches Leben. Susanne hatte eine Ausbildung als Apothekengehilfin gemacht und liebte ihre Arbeit. Die Kunden der Apotheke wiederum liebten Susanne, die für jeden ein freundliches Wort hatte und sich die Klagen über alle Gebrechen mit viel Geduld und Mitleid anhörte. Kurzum, es gab kaum einen Menschen, der so wie Susanne bei aller Welt beliebt war.

Abends, wenn Susanne nach Hause geeilt war, bereitete sie ihren Eltern das Abendessen zu. Die beiden warteten bereits Stunden ungeduldig darauf, dass Susanne endlich von ihrem Arbeitsplatz zu ihnen zurückkehrte. Wenn sie dann da war, unterwegs hatte sie häufig ein Sträußchen Blumen für die Mutter und Zigaretten für den Vater eingekauft – obwohl sie dessen Qualmerei keineswegs für gut befand, massierte sie zuerst der Mutter den schmerzenden Rücken und las dann dem Vater aus der Zeitung vor. Er war vor einiger Zeit am grünen Star erkrankt, sah kaum noch etwas. Danach ging Susanne in die kleine, gemütliche Küche und stellte die Zutaten für eine leichte Diätmahlzeit zusammen. Der Bequemlichkeit halber aß sie das gleiche wie die Eltern, außerdem schmeckte es ihr gut. Sie erhielt sich dadurch auch ihre schlanke Figur, allerdings verwendete sie selbst keinen Gedanken daran. Susanne war nicht eitel, das war allerseits bekannt. Komplimente wehrte sie immer sofort bescheiden ab, ja, sie wurde sogar rot, ein in der heutigen Zeit selten gewordenes Phänomen.

Susannes Vater war vor seiner Pensionierung ein höherer Beamter gewesen. Er hatte auch zu Hause immer äußerste Ordnung verlangt und selbstverständlich bekommen. Susannes Mutter hatte sich dem Ehemann gerne untergeordnet, schließlich war er der Mann im Hause und wusste, wo es lang ging. Als dann Susanne auf der Welt war, hatte sich diese ebenfalls ganz unter die Fittiche des Vaters gestellt, was der Vater sagte und meinte, war Gebot. Nur ein einziges Mal hatte er mit ihr geschimpft, das war, als sie vergessen hatte – im zarten Alter von vier Jahren – ihre Kleidung ordentlich in den Schrank zu hängen. Allerdings war das immer etwas schwierig für sie gewesen, sie musste jedes mal einen Stuhl holen, um an die hohe Kleiderstange im Schrank zu gelangen. Doch, wie gesagt, sie hatte das Missfallen ihres Vaters nur ein einziges Mal erregt. Und ihre sanfte Mutter hatte sie immer dazu angeleitet, die ihr zugeteilten Aufgaben penibel zu erledigen.

Die Prüfung zur Apothekengehilfin hatte Susanne mit Auszeichnung bestanden. Es war daher ganz selbstverständlich, dass sie sofort eine gute Anstellung fand. Die Bezahlung war zwar nicht außergewöhnlich, doch der Chef und die Chefin ließen Susanne dann und wann einige Extras zukommen, zum Beispiel abgelaufene Medikamente, die man jedoch noch nutzen konnte. Susanne brachte diese Dinge ihren Eltern mit heim, die ja inzwischen alle möglichen

Unpässlichkeiten hatten. Die Eltern hätten zwar genügend Geld gehabt, um sich selbst die teuersten Medikamente leisten zu können, doch da sie in ihrem Leben immer sparsam in allen ihren Ausgaben gewesen waren, freuten sie sich, hier etwas umsonst zu bekommen. Und Susanne würde nach ihrem Ableben über ein kleines Vermögen verfügen können. Doch soweit war es noch lange nicht. Trotz der angegriffenen Gesundheit der Eltern würden diese noch einige schöne Jahre vor sich haben, ließ sich doch fast jedes Gebrechen mit Hilfe der modernen Wissenschaft heutzutage in den Griff bekommen.

Jeden Abend, nach dem gemeinsamen Abendessen, machte sich Susanne daran, die angefallenen Arbeiten im Haushalt zu erledigen. Sie saugte Staub, putzte und wischte, legte die Wäsche in die Maschine ein, bügelte die Lieblingshemden ihres Vaters und Mutters Blusen auf das sorgfältigste, räumte das Geschirr in der Küche auf, nachdem sie es gründlich gewaschen hatte. Ihr Vater wollte keinen Geschirrspüler, bei nur drei Personen sei das völlig unnötig. Außerdem misstraute er den Errungenschaften der Technik. Lediglich ein Fernsehgerät war vor einigen Jahren angeschafft worden. Zur Unterhaltung der Eltern und um ihnen die Wartezeit auf Susanne zu vertreiben. Susanne selbst sah ausgesprochen selten fern. Wann hätte sie das auch tun sollen? Wenn sie mit ihrer Arbeit und dem Haushalt fertig war, war es auch schon an der Zeit, die Eltern bettfertig zu machen und sich dann selbst hinzulegen.

Die Jahre vergingen. Susanne war inzwischen an die 30 Jahre alt, die Versorgung der Eltern war ihr in Fleisch und Blut übergegangen. Nie würde sie Vater oder Mutter in ein Pflegeheim geben, da waren sich alle ihre Mitmenschen sicher. In der Apotheke hatte sie eine kleine Gehaltsaufbesserung bekommen, nicht, dass sie danach gefragt hätte. Sie brauchte für sich selbst nur wenig und Kleidung kaufte sie nur, wenn die alte wirklich verschlissen war. So verlief ihr Leben denn in einem recht eintönigen Muster. Morgens aufstehen, Eltern mit Frühstück versorgen, beim Waschen behilflich sein, sich selbst für die Arbeit fertig machen und nach der Arbeit, die ihr nach wie vor zusagte, wieder heim, wobei sie zuvor die notwendigen Einkäufe erledigte.

Susanne war, wie bereits eingangs erwähnt, bei allen Menschen, die sie kannten beliebt. Nur eines hatte sie nicht: Freundinnen oder gar Freunde. Einige junge Männer, die sich mit ihr hatten verabreden wollen, hatte sie immer mit dem Hinweis abgespeist, dass sie keine Zeit übrige habe, sie müsse die Eltern versorgen. Das hatte letztendlich auch den letzten hartnäckigen Verehrer davon abgehalten, es weiterhin zu versuchen. In dieser Hinsicht war Susanne unbeugsam, die Eltern gingen vor.

Eines Tages betrat ein nicht mehr ganz junger Mann die Apotheke. Susanne fragte nach seinen Wünschen, wobei sie den Kopf gesenkt hielt. Der Mann wollte Aspirin. Als sie seine Stimme hörte, blickte Susanne auf. Dieser Mann hatte die schönste Stimme, die sie je gehört hatte. Sie fühlte plötzlich ihr Herz heftig schlagen. Verwirrt machte sie sich im Regal mit den Medikamenten zu schaffen. Der Mann sagte, dass ihm der ständige Wetterwechsel Probleme bereite, die Temperaturschwankungen bereiteten ihm oft Kopfschmerzen. Aber Aspirin sei dagegen ein gutes Mittel. Susanne bestätigte das mit einem Nicken ihres schönen Kopfes. Ihr Herz klopfte immer noch wie wild, was war das nur? Sie blickte ihn scheu von der Seite an. Er hatte einen blonden Haarschopf, in den sich an den Schläfen bereits die ersten grauen Haare eingenistet hatten. Seine brauen Augen blickten verschmitzt aus einem freundlichen Gesicht, einige Fältchen hatten sich bereits darin eingenistet. Der Mann zahlte für die Packung Tabletten und verließ mit einem freundlichen "Auf Wiedersehen" die Apotheke. Susanne wusste nicht, was mit ihr los war. Warum hatte es dieser fremde Mann ihr so angetan? Den Rest des Nachmittags grübelte und grübelte sie. Ob er wohl wieder einmal kommen würde? Sie ertappte sich dabei, dass sie Petrus anflehte, bald wieder einen extremen Wetterwechsel herbeizuführen. Der Mann hatte nur eine kleine Packung Aspirin gekauft, also musste er einfach wieder kommen. Oder ob er dann in eine andere Apotheke ging? Ober er überhaupt in der Gegend wohnte? War er verheiratet? Hatte er vielleicht sogar Kinder? Fragen über Fragen für Susanne, keine konnte sie beantworten.

Doch Petrus tat ihr den gewünschten Gefallen. Etwa zwei Wochen später kam der Mann wieder in die Apotheke und verlangte etwas gegen seine Kopfschmerzen. Er blickte Susanne dieses Mal tief in die Augen, sah sich um, ob sie beide von niemandem beobachtet wurden und flüsterte: "Darf ich Sie heute Abend nach der Arbeit zu einer Tasse Kaffee einladen?" Susanne wollte bereits ablehnen, doch ein kleines Stimmchen in ihrem Kopf sagte ihr eindringlich: "Ergreife die Gelegenheit, du wirst nicht jünger, aber deine Eltern immer älter. Irgendwann bist du ganz alleine". Sie nickte also, fügte jedoch hinzu: "aber nur auf ein halbes Stündchen, ich muss dann heim zu meinen Eltern". Als er gegangen war, wurde sich Susanne darüber klar, dass sie nicht einmal seinen Namen wusste. Was war ihr nur in den Kopf gekommen, sich mit einem Wildfremden zu verabreden? Sie wusste es einfach nicht, doch ungeduldig sah sie an diesem Tage ihrem wohlverdienten Feierabend entgegen.

Und da stand er vor der Tür, hatte einen kleinen Veilchenstrauß in der Hand, den er ihr mit einer liebevollen Geste überreichte. "Blaue Veilchen für das Mädchen mit den blauesten Veilchenaugen, die ich je gesehen habe", sagte er. Und dann verbeugte er sich entschuldigend und stellte sich vor: "Ich heiße Kosmos, ich weiß, ein etwas befremdlicher Name, doch meine Eltern hatten ihn sich eingebildet. Nun muss ich damit herumlaufen". Er lächelte und Susanne schloss sich diesem Lächeln an. "Ich bin Susanne Mettler", sagte sie. "Ein schöner Name, Susanne, ich darf doch so sagen?" Eigentlich hätte sie das nicht zulassen dürfen, sie kannte ihn ja kaum. Doch Susanne nickte gegen ihren eigenen Willen. Kosmos nahm ihren Arm und führte sie zu einem in der Nähe befindlichen Café. Sie bestellten heiße Schokolade und Apfelkuchen. Der Kuchen war köstlich, die Schokolade ließ die Wangen von Susanne aufglühen. War das wirklich die Wirkung der Schokolade? Kosmos erzählte, er sei Lehrer am hiesigen Gymnasium, allerdings noch nicht lange. Zuvor habe er in einer Großstadt unterrichtet. Doch dann habe er um seine Versetzung gebeten, das Leben auf dem Lande sage ihm mehr zu. Zur Zeit wohne er noch in einer Pension, aber er wolle sich nach einer kleinen Wohnung umsehen, ob Susanne da etwas wisse?

Susanne überlegte. Das Haus ihrer Eltern war ziemlich groß, es gab eine Einliegerwohnung im ersten Stock, die jedoch seit Jahren leer stand. Die Eltern hatten ursprünglich eine Pflegekraft für das Alter dort unterbringen wollen, doch da Susanne alles so vorbildlich erledigte, war das nicht notwendig gewesen. Sie überlegte. Konnte sie die Eltern davon überzeugen, dass Kosmos, als anständiger Lehrer in einem Gymnasium, eine Bereicherung für den kleinen Haushalt sein würde? Sie sagte: "Wissen Sie, in meinem Elternhaus gibt es eine kleine Wohnung, die zu vergeben wäre. Es sind jedoch nur zwei Räume, Bad und eine winzige Küche. Ich könnte meine Eltern fragen, ob sie einverstanden wären... „.

Kosmos unterbrach sie. "Das wäre wunderbar, ich würde mich über alles freuen, wenn das ginge". "Und außerdem", fügte er mit einem verliebten Lächeln hinzu, "wäre ich dann ständig in Ihrer Nähe". Susanne fühlte, wie sich ihr Atem beschleunigte. Sie war die ganzen Jahre über nicht direkt unglücklich gewesen, hatte sich jedoch in der letzten Zeit immer wieder gefragt, ob das nun ihr ganzes Leben sei.

Sie beschloss, die Eltern noch am gleichen Abend zu fragen. Mit Kosmos verabredete sie sich für den nächsten Abend, sie wollten sich wieder in diesem netten Café treffen.

Susanne ließ sich von Kosmos bis vor die Haustür begleiten. Sie verabschiedeten sich voneinander und äußerten beide Vorfreude auf den nächsten Abend. Sie begrüßte die Eltern liebevoll, begab sich in die Küche und machte so schnell wie möglich das Abendessen zurecht. Sie konnte es kaum erwarten, mit ihren Eltern auf den geplanten Hauszuwachs zu sprechen zu kommen.

Als die Teller schließlich auf dem Tisch standen und alle versorgt waren, sagte Susanne: "Ich habe in der Apotheke jemanden kennen gelernt. Er ist Lehrer am Gymnasium bei uns und er sagte mir, dass er eine Wohnung suche. Ich habe daran gedacht, dass doch die Wohnung oben immer noch leer steht. Es wäre sicher gut, Vater, außer dir noch einen Mann im Hause zu haben, der vielleicht bei einigen Reparaturen helfen könnte, die ich nicht ausführen kann. Er scheint eine angenehme Person zu sein". Bei den letzten Worten errötete sie. Ihr Vater sah sie stumm an. Er führte noch einmal eine Gabel voll Gemüse zum Mund, bevor er antwortete: "Mutter und ich sind der Meinung, dass wir keine Fremden in unserem Haus haben wollen, nicht wahr?" Wandte er sich an seine Frau. Susannes Mutter nickte und sagte leise: "Das würde unser Leben doch stören, das verstehst du doch?" Susanne sank das Herz. Nein, das verstand sie nicht.

Als sie sich mit Kosmos am nächsten Abend traf und ihm die ablehnende Haltung ihrer Eltern schilderte, meinte er nur: "Sie haben vielleicht nicht ihre ganze Überredungskunst eingesetzt, vielleicht versuchen Sie es noch einmal". Susanne wusste zwar, dass dies zwecklos sein würde, doch sie versicherte ihm nachdrücklich, dass sie die Erlaubnis noch bekommen würde. Sie habe bestimmt nicht die richtigen Argumente gefunden. Heute Abend wollte sie es nochmals versuchen. Sie trennten sich an diesem Abend nur zögernd, Kosmos hauchte einen zarten Kuss auf Susannes wieder erglühte Wange und verabschiedete sich.

An diesem Abend bereitete Susanne das Abendessen ganz besonders liebevoll zu. Als sie den Gewürzschrank öffnete, fiel ihr ein kleines braunes Fläschchen in die Hände, das sie vor langer Zeit einmal aus der Apotheke mitgebracht hatte. Was es enthielt, wusste sie nicht mehr genau, nur, dass es irgend etwas mit Herzbeschwerden zu tun hatte. Das Etikett war mit der Zeit unleserlich geworden. Sie tröpfelte sorgsam einige Tropfen in die Hühnersuppe, die ihre Eltern so liebten. Sie selbst machte sich nichts daraus, sie würde wie immer auf diese Suppe verzichten.

Am nächsten Abend holte Kosmos sie wieder von der Apotheke ab. "Meine Eltern sind jetzt einverstanden", sagte sie mit einem schelmischen Blick in den Augen. "In einigen Tagen, wenn die Beerdigung vorbei ist, kannst du einziehen!" – Kosmos nickte zufrieden.

# Keuschheit

Susanne hatte das Begräbnis der Eltern ausgerichtet. Der Hausarzt, selbst schon kurz vor seinem Rückzug ins Privatleben, hatte als Todesursache "Herzversagen" bei beiden auf den Totenschein geschrieben. Susanne hatte von ihrem Chef einen zusätzlichen freien Tag bekommen, den brauchte sie auch. Beim Begräbnisunternehmer hatte sie keine Kosten gescheut, die schönsten Blumen dekorierten den Sarg und die Beerdigungsfeier war stilvoll und feierlich. Viele Nachbarn waren gekommen, sie alle hatten das alte Ehepaar gemocht und wollten vor allen anderen Dingen Susanne trösten, die allerdings schier untröstlich war. Sie hatte die Eltern von ganzem Herzen geliebt, sie waren ihr ein und alles gewesen. Natürlich, so sagte sie, hatte sie in der letzten Zeit oft daran gedacht, dass sie eines Tages nicht mehr da wären, aber sie hatte die Gedanken daran immer schnell wieder beiseite geschoben. Mit rotverweinten Augen stand sie an dem Gemeinschaftsgrab der Eltern, nein, keiner konnte ihr helfen, sie musste alleine über den schweren Verlust hinwegkommen.

Kosmos war nach einer angemessenen Zeit zu ihr gezogen. Er hatte nur wenige persönliche Dinge mitgebracht, außer Kleidung und ein paar Büchern aber auch einen Käfig mit einem Wellensittich. Dieser wurde von Susanne in der Küche auf dem Fensterbrett untergebracht, sie bewunderte auch gehörig seinen Wortschatz. Obwohl sie Vögel nicht besonders mochte, fütterte sie das Tierchen Kosmos zuliebe jeden Tag und hängte auch jeweils ein frisches Salatblatt mit einer Wäscheklammer in den Käfig. Kosmos fühlte sich wohl bei Susanne. Bevor er morgens das Haus verließ, um seinen unlustigen Gymnasiasten ein Mindestmaß an kulturellem Wissen zuzuführen, frühstückte er ausgiebig mit ihr. Sie verließ einige Minuten nach ihm das Haus, nicht bevor sie alles wieder in Ordnung gebracht hatte. Wenn er mittags nach der Schule heimkam, trank er nur eine Tasse Kaffee, korrigierte Schülerarbeiten und freute sich auf den Abend mit Susanne. Meistens brachte sie ihm etwas mit, manchmal sogar Zigaretten, obwohl sie den Qualm nicht vertragen konnte. Ihm zuliebe nahm sie es jedoch auf sich. Sie speisten gemütlich in der Küche, gingen dann mit einem Glas Wein ins Wohnzimmer hinüber und sahen sich im Fernsehen eine Sendung an. Ausgehen mochten sie nicht viel, ab und zu einmal zu einer Ausstellung oder ins Theater, das war schon alles. Für Susanne war das mehr, als sie seit Jahren unternommen hatte. Die Eltern hatten ihr eine nicht unbeträchtliche Summe hinterlassen, eigentlich hätte sie nicht mehr zu arbeiten brauchen, zumal auch Kosmos genügend zum Lebensunterhalt beitrug.

Kosmos hatte Susanne einen Tag nach der Beerdigung ihrer Eltern einen Heiratsantrag gemacht. Susanne hatte ihn angenommen, jedoch unter der Bedingung, dass man das Trauerjahr abwarten solle, wegen der Nachbarn. Susanne hatte auch ihrem Chef von der Veränderung ihres Familienstandes unterrichtet, das heißt, von der Veränderung, die in einem Jahr auf sie zukommen sollte. Ihr Chef war zuerst misstrauisch gewesen, nicht nur, weil er befürchtete, eine gute und billige Kraft zu verlieren, sondern weil er meinte, sie kenne Kosmos noch zu wenig. Doch Susanne beruhigte ihn. Kosmos sei ein sehr edler Mensch, der sich ihr auch noch nie ungebührlich genähert habe, man warte damit, bis man in den Ehestand getreten sei. Bis zu diesem freudigem Anlass wohne Kosmos in der Einliegerwohnung. Für sie jedenfalls sei es eine Beruhigung, jemand im Hause zu haben, so ganz alleine hätte sie sich womöglich gefürchtet. Das akzeptierte ihr Chef, versicherte ihr aber auch ausdrücklich, dass er sich nach dem Tode der Eltern für sie verantwortlich fühle. Susanne dankte ihm gerührt und gab ihm einen töchterlichen Kuss auf die Stirn. Chef und Chefin hatten selbst keine Kinder, obwohl sie Susanne nicht gerade fürstlich für ihre Arbeit bezahlten, hatten sie die junge Frau doch sozusagen als Tochterersatz adoptiert. Außerdem kostete das so gut wie nichts und in den Augen der Welt stand man als sozial empfindender Mensch gut da. Jedenfalls schien jetzt alles zufriedenstellend geregelt. Das tägliche Leben nahm wieder seinen normalen Gang.

Kosmos hatte sich bisher auf Bitten von Susanne in bezug auf ein Liebesleben zurückgehalten, auch er wünschte, damit zu warten, bis man den Ehestand miteinander teilte. Nach Ablauf des Trauerjahres schritt man zum Standesamt. Noch am gleichen Tage folgte die kirchliche Trauung, zu der sie Susannes Chef und Chefin und einige nähere Nachbarn eingeladen hatten. Kosmos Eltern und Geschwister lebten zu weit weg, sie waren nach Übersee ausgewandert und konnten daher nicht kommen. Sie schickten jedoch Telegramme und kündigten auch die Ankunft eines größeren Geschenkes für den jungen Hausstand an. Die Hochzeitsfeier verlief ruhig und besinnlich, anschließend begab sich das Paar auf Hochzeitsreise. Kosmos hätte eigentlich ins Gebirge fahren wollen, doch das Gebirge hatte Susanne nicht zugesagt. Man einigte sich schließlich auf einen kleinen Ort in Österreich, dort waren die Berge nicht allzu hoch und es gab außerdem einen herrlichen Badesee. Die Flitterwochen verliefen erquicklich. Kosmos und Susanne verwöhnten sich gegenseitig, jeder versuchte, den anderen mit Liebesgaben zu übertrumpfen. Viel zu schnell waren die gebuchten vier Wochen vorbei und sie fuhren wieder zurück in ihr kleines Nest.

# Ehestand

Susanne verschönerte die Wohnung, wann immer sich Gelegenheit dazu bot. Sie nahm die alten Vorhänge des Wohnzimmers herunter, hängte neue zarte Gardinen auf, ließ die Polstermöbel neu herrichten, kaufte Messinglampen und für sich selbst sogar ein zartes, himmelblaues Negligé. Kosmos hatte einmal bemerkt, dass er ihren alten, dunkelblauen Morgenrock nicht sehr attraktiv fände. Das hatte sie sich gemerkt.

Auch in anderer Hinsicht war Susanne bereit, Zugeständnisse zu machen. Da sie so viele Jahre auf die ehelichen Freuden aus Mangel an Gelegenheit hatte verzichten müssen, an voreheliche Freuden hatte sie zudem sowieso niemals gedacht, war die ganze Angelegenheit für sie etwas enttäuschend. Sie hatte in ihrer Jugendzeit des öfteren junge Hunde bei der Paarung beobachtet, nun hatte sie das Gefühl, selbst in diese Situation geraten zu sein. Kosmos war sehr lieb zu ihr, auch sie liebte ihn von ganzem Herzen, jedoch spürte sie ganz innen in sich irgendwo eine Enttäuschung. Etwas fehlte, sie konnte nur nicht benennen was. Nach der Liebe gab er ihr immer einen kleinen Kuss auf die Stirn, zündete sich noch eine Zigarette an, nach der er sich dann gemütlich im Bett einkuschelte und innerhalb von Sekunden tief und fest schlief, ja, sogar manchmal schnarchte. Aber das alles war nicht so wichtig, sie liebte ihn, und vor allen Dingen liebte sie seine Stimme. Er konnte die banalsten Dinge sagen, alles klang in ihren Ohren wie Sphärengesang.

Bei der Zubereitung des Essens musste sie sorgfältig vorgehen, Kosmos litt unter einem Magengeschwür. Susanne brachte aus der Apotheke die wirksamsten Mittel mit, dennoch bat Kosmos um Diät. Doch das war kein Problem, Susanne hatte schließlich jahrelang für die Eltern eine entsprechende Kost hergestellt, sie brauchte sich in keinerlei Weise umzustellen. Auch den Rücken durfte sie Kosmos jeden Abend massieren, die anstrengenden Stunden in der Schule forderten ihren Tribut. Kosmos sagte immer wieder bewundernd zu ihr: "Susanne, wie du das nur alles schaffst! Du arbeitest den ganzen Tag, hältst den Haushalt in Ordnung und verwöhnst mich noch obendrein, geht es uns nicht wundervoll?" Susanne stimmte ihm zu, wenn auch manchmal ein kleines Stimmchen in ihrem Hinterkopf fragte: "Wem geht es hier eigentlich wundervoll?"

Nachdem sie zwei Jahre verheiratet waren, meldete sich Nachwuchs an. Susanne war nun fast 33 Jahre alt, jeder meinte, es sei für sie auch an der Zeit gewesen. Kosmos war besorgt, dass sie in ihrem Zustand die ganze Arbeit nicht mehr schaffen könne, er meinte, sie solle sich doch von der Arbeit in der Apotheke zurückziehen. Sie besprach das mit ihrem Chef und der Chefin. Diese klagten, dass sie nie mehr eine so tüchtige und liebenswerte Kraft finden würden, die von allen Kunden derart geschätzt werde. Ob Susanne sie denn in Stich lassen wollte? Eigentlich wollte Susanne das nicht, aber sie machte ihnen klar, dass Kosmos um seinen Nachwuchs bangte und schweren Herzens verabschiedete man sich. Nun war Susanne eine Hausfrau. Sie genoss die folgenden Wochen und Monate, legte sich nieder, wenn sie müde war, las ein gutes Buch und verbrachte die übrige Zeit damit, ihre Wohnung in Ordnung zu halten und Kosmos zu verwöhnen. Leider konnte sie das nicht so oft tun, wie ihr danach zumute war. Kosmos musste immer häufiger Extrastunden in der Schule geben, wie er ihr berichtete. Kollegen wurden krank, Kolleginnen wurden schwanger und einige schlechtere Schüler benötigten Nachhilfestunden, die er selbstlos bereit war, in seiner Freizeit zu erteilen. Susanne bewunderte ihn deswegen. Wenn sie doch nur so gut sein könnte wie er! Mit der körperlichen Liebe hatten sie sich nach dem Bekannt werden ihrer Schwangerschaft zurückgehalten oder besser gesagt, sie ganz eingestellt. Damit das Kind nicht gefährdet würde, sagte Kosmos entsagungsvoll. Sie war damit einverstanden, genoss sie doch eher seine Küsse als die anderen unaussprechlichen Dinge, die sie mehr oder weniger über sich ergehen ließ.

Die Monate vergingen, der Geburtstermin rückte heran. Susanne hatte Kosmos gebeten, mit Rücksicht auf das zu erwartende Leben seine Zigaretten vor dem Haus oder im Garten zu rauchen, was er auch ohne Murren tat. Er wollte ja selbst, dass sein Kind durch nichts gefährdet würde. Als die ersten Wehen an einem Samstagabend auftraten, fuhr Kosmos sie in dem extra neu angeschafftem Wagen, ein Mercedes hatte es sein müssen, in die Klinik. Da er zuvor dort angerufen hatte, war man auf ihr Eintreffen bereits vorbereitet. Susanne wurde von immer wiederkehrenden Wehen an die Grenze ihres Schmerzempfindens getrieben, sie bekam die Vorbereitungen zur Geburt kaum mit. Mit einer letzten großen Welle des Schmerzes erschien der Kopf des Kindes in ihrem Muttermund. Und dann war er da, ihr Sohn! Ermattet sank sie in die Kissen zurück, Kosmos wurde herbeigerufen, nahm ihre Hand, küsste sie und stammelte immer wieder dankbar: "Ein Sohn, wir haben einen Sohn".

Das Glück schien vollkommen. Der Sohn wuchs und gedieh, abgesehen von den üblichen Kinderkrankheiten, durch die jedes Kind hindurch musste, fehlte ihm nichts, er war gesund und munter. Die Zeit der Einschulung war nicht mehr weit. Susanne hatte ihr Leben nun ganz auf ihr Kind abgestellt, Kosmos sah das jedoch voll und ganz ein und verzichtete auf manche liebgewordene Gewohnheit. Immer noch rauchte er seine Zigaretten im Garten oder vor dem Haus, seine Rückenmassagen wurden weniger und schließlich ganz eingestellt. Der Sohn brauchte die Mutter mehr, das war selbstverständlich. Außerdem war Kosmos nicht mehr so häufig daheim wie früher, immer mehr Kollegen schienen sich bewusst krank schreiben zu lassen, sie wussten schließlich, dass Kosmos in seiner gutmütigen Art für sie einspringen würde. Susanne war glücklich, sie hatte eine Familie, einen Mann, wie man ihn selten fand, einen perfekten Sohn, ein Haus, genügend Geld. Ihr fehlte es an nichts.

Wirklich an nichts? Manchmal sann sie darüber nach, dass sich ihr Leben seit dem Tode der Eltern eigentlich nur unwesentlich verändert hatte, sie versorgte nun statt Vater und Mutter einen Mann und ein Kind, hörte ähnliche Klagen bei Unwohlsein, rannte, um Abhilfe zu schaffen und blieb immer dieselbe Susanne, nett anzuschauen und nett zu allen Menschen. Doch wann immer derartige Gedanken durch ihren Kopf gingen, nahm sie sich energisch irgendeine schwierige Aufgabe vor und die Gedanken verschwanden wieder.

Mit 38 Jahren war Susanne immer noch eine sehr attraktive Frau. Sie hatte sie ihren Kleidungsstil, Faltenröcke, Blusen und Pullover, beibehalten. Kosmos hatte sich bis auf das Negligé damals nie dazu geäußert, also liebte er sie so, wie sie war. Ein paar kleinere Falten um Augen und Mund fielen fast nicht auf, Susanne pflegte ihr Gesicht und ihren Körper mit einer Natursalbe, die auch bereits ihre Großmutter benutzt hatte. Ein Geheimrezept, so hatte Mutter einmal gesagt. An ihrem Gesicht war also nichts auszusetzen. Doch mit ihrem Körper war Susanne nicht mehr ganz zufrieden. Die schwierige Geburt, die Zeit danach als sie keine Hilfe im Haushalt hatte und trotzdem Tag und Nacht auf den Beinen sein musste, das alles hatte ihr zugesetzt. Sie hatte an Gewicht verloren, fühlte sich oft matt und trübe. Ihr Magen machte ihr zu schaffen, trotz der Diätmahlzeiten, die sie täglich für Kosmos und sich selbst kochte. Zu einem Arzt mochte sie deswegen nicht gehen, sie befürchtete, er würde sie zu einer Kur schicken und was sollten dann Kosmos und das Kind ohne sie anfangen? – Nein, sie wurde gebraucht.

Ab und zu besuchte Susanne ihren ehemaligen Chef. Die Chefin war zwei Jahre zuvor verstorben, eine akute Herzattacke. Niemand hatte so etwas erwarten können, sie war in ihrem ganzen Leben nie krank gewesen. Aber manchmal geschahen eben unverständliche Dinge. Der Chef bat Susanne, doch wieder bei ihm zu arbeiten. Er könne alleine nicht klar kommen, sagte er, sie habe schließlich die nötige Erfahrung, wie man mit Kunden umgehe und das Geschäft auch zu einem Geschäft mache. Ob sie sich noch daran erinnere, wie oft sie den Kunden Medikamente verkauft habe, auf die diese von selbst nie gekommen wären? Sie hatte so vielen Menschen mit ihren Kenntnissen und ihrem gesunden Menschenverstand geholfen, der Sohn komme doch nun bald in die Schule, die Zeit wenigstens könne sie nützen, um ihm in der Apotheke behilflich zu sein. Susanne befürchtete, dass Kosmos damit nicht einverstanden sein würde. Doch Kosmos stimmte zu. "Da kommst du wieder ein wenig unter andere Menschen", sagte er liebevoll, "das wird dir nur gut tun".

Susanne tat es gut. Morgens nahm Kosmos den Sohn mit in die Grundschule, die gleich neben dem Gymnasium lag. Die beiden packten ihre Frühstücksbrote und fuhren dann fröhlich im Auto los. Susanne räumte wie immer die Reste des Frühstücks in der Küche auf und begab sich dann in die Apotheke. Die Kunden, die sie lange nicht gesehen hatten, waren froh, dass Susanne wieder da war und sie beriet.

Eines Tages betrat ein neuer Kunde die Apotheke. Susanne hatte den Mann noch nie zuvor gesehen. Er war groß, schlank und hatte hellbraune Haare, die an den Schläfen bereits etwas in graue übergingen, was ihm jedoch besonders gut zu Gesicht stand. Dunkelblaue Augen sahen sie forschend an. "Ich benötige ein paar Aspirin", sagte er mit rauchiger Stimme, die ihr Herz zum Klopfen brachte. "Dieser Föhn quält mich immer besonders", fügte er hinzu.

Susanne brachte ihm das Gewünschte und sah ihn mitleidig an. "Ist es sehr schlimm?" Fragte sie. "Nein, nein", war die Antwort, ich befürchte nur, dass es im Laufe des Tages schlimmer wird. Im Moment ist es noch reine Vorsorge. Er lächelte. Susanne lächelte zurück. Ob er wohl wieder einmal herkam?

"Die arme Frau", sagten die Leute, "dass ihre Eltern so plötzlich sterben mussten, nun ja, schließlich waren sie bereits älter, aber jetzt hat sie noch ihren Mann und den Jungen verloren. Nur ein Glück, dass dieser nette Geschäftsmann, der kürzlich in die Stadt gezogen ist, sich so um sie kümmert. Da ist sie nicht ganz alleine in dem großen Haus".

# Das Kind, das Weihnachten liebte

Alle Kinder lieben Weihnachten. Nein, nicht alle Kinder. Loni tat es nicht. Weihnachten war für sie eine Scheußlichkeit, jawohl, eine absolute Scheußlichkeit. Was sollte der ganze Kram. Geschenke, Küsschen von der Tante, kratzender Bart vom Onkel. Sogar ihr großer Bruder ließ sich dazu herab, ihre Wange kurz zu streifen. Ekelhaft. Die Eltern taten wochenlang geheimnisvoll, versteckten irgendwelches Zeugs im Schlafzimmer und im Wandschrank im Flur, flüsterten rum, sahen sich bedeutungsvoll an und überhaupt. Scheiße war das alles.

Loni versuchte jedes Jahr, sich von diesem ganzen Unfug zu distanzieren. Je älter sie wurde, und inzwischen war sie immerhin 9 Jahre alt, desto besser gelang es ihr. Am liebsten würde sie sich irgendwo verkriechen, jedenfalls so lange, bis der ganze Weihnachtsirrsinn vorbei war. Und außerdem: jedes Jahr bekam sie Unmengen von Geschenken. Was sollte sie mit dem ganzen Mist? Sie hatte ihre liebe Not, alles wieder unter die Leute zu bringen, meistens ging sie im Frühjahr auf den Flohmarkt und verkaufte alles. Natürlich erhielt sie nicht den Gegenwert, den die Sachen gekostet hatten. Konnten ihr die Eltern nicht gleich das Geld geben, anstatt in Plüschhäschen, alberne Puppen, Kringel und Plätzchen zu investieren? Auch die lästige Verwandtschaft überreichte ihr mit vielen Ahs und Os irgendwelche Spiele, Bücher und sonstiges Lehrreiches. Und alle taten so, als ob sie sich darüber freuen würde. „Lonilein, was ist der Pulli wieder süß, den du da anhast". Dabei hatte Lonilein mit Absicht den alten Fußballdress ihres Bruders angezogen. Wollten die sie alle verarschen?

Und dann das Getue über den Weihnachtsbaum! Grässlich. Mutter holte immer mit wichtiger Miene die alten Christbaumkugeln aus dem Keller, die noch von der Urgroßmutter stammten. Zartfühlend nahm sie die verblichenen Dinger aus der mit weichem Samt ausgeschlagenen Schachtel, hielt die Luft an, während sie die Kugeln auf den Zweigen der Kiefer verteilte und atmete erst wieder aus, als die Dinger an ihrem Platz waren. Vater verteilte inzwischen großzügige Lamettastränge über den Baum. Ihr Bruder entblödete sich nicht, seine eigenhändig ausgesägten Holzpferdchen und Engelchen aufzuhängen. Dann kamen die Kerzen dran, echte natürlich. Nur mit echten Kerzen ist Weihnachten echt, sagte Vater. Jedes Jahr wieder. Man konnte Depressionen davon kriegen. Sie musste das Wort mal im Lexikon nachschlagen, so recht wusste sie nicht, was das eigentlich war, es hörte sich aber gut an.

Dieses Weihnachten war noch hektischer als sonst. Die meisten Geschenke hatten die Eltern zwar schon besorgt, doch ausgerechnet am Heiligen Abend, Loni saß verstockt in ihrem Zimmer und brütete vor sich hin, hatte die Mutter noch etwas vergessen. Da sie sich beim Weihnachtsputz den rechten Arm verrenkt hatte, konnte sie nicht selbst Auto fahren. Vater musste noch einmal mit ihr los. Auch Brüderchen wollte mit. „Wir fahren noch einmal kurz weg", riefen sie ihr zu, „wenn wir wieder kommen, ist dann Bescherung".

Loni verließ ihr Zimmer. Endlich hatte sie das Haus einmal für sich. Wenn nur der doofe Baum sich nicht so herrschsüchtig mitten im Zimmer ausbreiten würde. Darunter lagen schon die diversen Päckchen, die Loni nun überhaupt nicht interessierten. Sie überlegte sich, dass sie trotz allem schon einmal die Kerzen anzünden könne. Diese ehrenvolle Tätigkeit fiel nämlich sonst immer ihrem Bruder zu, diesmal würde er darauf verzichten müssen. Sie, Loni, würde das entschieden besser bewerkstelligen.

Einige Minuten später stand Loni draußen vor dem Haus. Durch die Fensterscheiben beobachtete sie den Weihnachtsbaum. Wie schön die Kerzen brannten! Und dann erst der Baum! Aus seinen Zweigen ringelten sich zierliche Rauchfahnen empor, leckten am

Papier der Pakete, krochen zögernd, doch entschlossen auf dem Teppich entlang.

Loni spürte eine einzigartige Wärme in ihrer Brust aufsteigen. Das also war Weihnachten!

# ZIMAK

„Verdammte Scheiße", sagte Frau Dr. Angela Krohn, laut und deutlich. Erschreckt sahen sich Ihre Kollegen an. Noch niemals zuvor hatten Sie Dr. Krohn bei einem derart unflätigem Ausbruch erwischt.

„Die Maus ist weg", Frau Dr. Krohn war bleich. „Die Katze auch - Zimak ist weg!"

Nun war es an den Kollegen, bleich zu werden. Das Projekt! In mühsamer, jahrelanger Arbeit und Tausenden von Versuchen hatten sie es endlich geschafft! Und nun?

Erregt redeten alle durcheinander. Wie konnte das passieren? Wer hatte nicht aufgepasst? Wo war das Tier hin? Die Sicherheitsmaßnahmen, der Wachmann, wo war er? Hatte das Tier noch gefressen? Wann zuletzt? Wer hatte es am Abend zuvor in den Käfig gesperrt? Fragen über Fragen, keine Antwort. Der Wachmann war nicht zu finden, der Käfig leer, das Tier verschwunden.

Allmählich legte sich das Stimmengewirr. Angela runzelte die Stirn. „Wir müssen alles tun, um es wieder zu finden". Stellen wir eine Suchmannschaft auf. Und ganz wichtig, äußerste Geheimhaltung, verstanden?" Die Kollegen nickten zustimmend mit den Köpfen. Selbstverständlich würde keiner plaudern, das verstand sich doch von selbst.

Angefangen hatte die Geschichte vor einigen Jahren aus einem Spaß heraus. Sylvesterparty 1979, nur unter Kollegen. Es wurde gewitzelt, Tierversuche besprochen, die absolut notwendig waren, Möglichkeiten erörtert, was noch nicht machbar gemacht worden sei. Schließlich kam Kollege Wolfgang Bronner auf die Idee, eine

Katze mit einer Maus zu kreuzen. Könnte ein Riesenerfolg werden, meinte er damals, die Intelligenz der Maus gepaart mit der Intelligenz der Katze, beides schnelle Tiere, beides Säugetiere, beide mit vier Pfoten, einem Schwanz, einem niedlichen Kopf und so weiter und so weiter. Er erwärmte sich für das Thema. Die anderen trugen ihren Senf dazu bei. Auch die Frage der Farben wurde untersucht, wie sollte das Fell aussehen, wie konnte der Körperbau statisch aufgebaut werden? Eine heiße Diskussion entwickelte sich, beflügelt von etlichen Flaschen Champagner.

Und dann die Namensfrage: Wie sollte die Kreuzung heißen? Vorschläge prasselten wie Regen vom Himmel herab. „Kaumau", schlug jemand vor. „Das ist blöd", wehrte Bronner ab, „hört sich total nach Maumau und Afrika an". – Ernst Wiesbert-Eggershiven bestand in Champagnerlaune auf „Kamiz". Das wollten die anderen nicht gelten lassen. „Dann bezieht sich doch alles wieder auf die Katze, nein, das ist nichts", kicherte Angela. Die kleine Assistentin aus dem Labor schlug „Maka" vor, jeweils die erste Silbe von jedem der Tiere. Auch das wurde nicht akzeptiert. „Wie wäre es mit Maukatz", warf der Hiwi ein. Die anwesenden Akademiker schüttelten den Kopf. Was für ein idiotischer Vorschlag. Schließlich, es war bereits eine Viertelstunde vor Beginn des neuen Jahres, einigte man sich darauf, aus einem Hut Zettel zu ziehen, der Name, der zweimal auftauchte, sollte der Projektname sein. So geschah es. Wundersamerweise war ein Zettel mehr im Hut als Anwesende da waren, das fiel jedoch im aufgeregten Getümmel nicht auf. Zweimal wurde ein Zettel mit dem Namen „Zimak" gezogen. „Auf das Projekt Zimak" wurde umgehend angestoßen. Und dann war es zwölf. Das Neue Jahr! 1980 und ein neues Projekt.

Dr. Angela Krohn war am 2. Januar noch ziemlich müde, hatte sich jedoch frühzeitig ins Labor aufgemacht. Sie lächelte in Gedanken vertieft vor sich hin. Was für eine ausgefallene Sylvesterparty das gewesen war! Verrückte Idee, eine Kreuzung zwischen Katze und Maus. Obwohl, wenn man es genau überlegte, so abwegig war das Ganze nun auch wieder nicht. Jedenfalls hatten alle eine Menge Spaß gehabt, während sonst bei irgendwelchen Feiern immer eine trockene Stimmung herrschte, trotz der angebotenen Getränke.

„Gutes Neues Jahr", nochmals. Ernst Wisbert-Eggershiven war noch früher dran gewesen, er saß bereits an seinem Schreibtisch und hatte die erste Tasse schwarzen Kaffee vor sich. Im Laufe des Tages sollten noch unzählige folgen. Man munkelte, dass sich Ernst vorwiegend von schwarzem Kaffee ernährte, der ja angeblich schön machen sollte. Auch ein ernsthafter Wissenschaftler hat so seine Eitelkeiten. Nur, bisher war der Erfolg ausgeblieben. Ernst war lang und dünn, trug einen kurzen Oberlippenbart, der immer zerzaust wirkte, eine beginnende Stirnglatze und auf seiner langen, schmalen Nase thronte eine Nickelbrille, die meistens auf den Nasenhöcker rutschte. Er blinzelte Angela aus seinen kleinen braunen Äuglein an. „Aus dem Bett gefallen, was?" Sie nickte und schüttelte ihren blonden Schopf nach hinten. Dann griff sie in ihre Tasche und holte ein Band heraus, zog die Haare streng am Kopf zusammen und wand das Band drum herum. So, jetzt konnte die Arbeit los gehen. Sie wollte sich schon zu ihrem Schreibtisch begeben, als Ernst sie noch einmal aufhielt. „Schau mal, was ich mitgebracht habe", flüsterte er verschwörerisch und bückte sich hinter den Schreibtisch. Als er wieder zum Vorschein kam, hielt er einen kleinen Käfig in der Hand. „Ein Teil von Zimak". „'Was soll der Unfug", fragte Angela aufgebracht und runzelte ihre schön geschwungenen Augenbrauen. „'Weißt du nicht mehr, unser neues Projekt?" Fragte Ernst. Angela sah ihn scharf an. „Du hast doch diesen Schwachsinn nicht ernst genommen?" Doch ernst hatte ihn ernst genommen. Dr. Angela Krohn schluckte.

So hatte es dann angefangen. Die anderen Kollegen waren nach und nach eingetrudelt, hatten sich die Maus in ihrem Käfig, die verzweifelt hin und her huschte, von allen Seiten angeschaut und dann mit grüblerischen Gesichtern bleistiftkauend an ihren Schreibtischen gesessen. Das Projekt „Zimak" nahm in den Gehirnen sichtlich Gestalt an. Angela, zu Beginn entrüstet, verstört, ungläubig, hatte sich dann doch von den Hirngespinsten anstecken lassen.

Am nächsten Tag brachte jemand seine Katze mit. Er hatte das Tier noch nicht lange in seinem Besitz und daher auch noch keine engere Beziehung zu ihm aufgebaut. Es handelte sich um eine ordinäre Hauskatze, grau, mit weißen Sprenkeln im Fell verteilt. Ganz jung war sie auch nicht mehr. Assistent Otto Friesmann hatte sie von einer Tante geerbt, die kürzlich verstorben war. Eigentlich hatte er sie einschläfern wollen, nun jedoch konnte sie noch einem guten Zweck zugeführt werden. „Lizzi", die Kätzin, machte einen somnambulen Eindruck. Die meiste Zeit schlief sie in einem Korb unter Ottos Schreibtisch, wartete auf das Futter und auf den höheren Zweck, dem sie zugeführt werden sollte.

In der Zwischenzeit hatte Wolfgang Bronner, ein gemütlicher wirkender Typ, rundlich, in mittleren Jahren, festgestellt, dass die von Ernst mitgebrachte Maus ein Mäuserich war. Bestens! Voraussetzung Nummer eins war damit gegeben. Wolfgang starrte mit eisblauen Augen vor sich in die Luft. Da war doch etwas, etwas, was er einfach noch nicht greifen konnte. Ein Problem, das sie bisher übersehen hatten. Was war das nur? Er grübelte und grübelte. Plötzlich sprang er auf. Die anderen blickten von ihrer Arbeit auf. Was war mit ihm los? Bronner pflegte sich ansonsten nur sehr gemessen zu bewegen, schon mit Rücksicht auf seinen Umfang. Nun stand er mit offenem Mund da, schloss ihn dann wieder, schnappte noch einmal nach Luft wie ein gefangener Hering und stieß dann die Worte heraus: „Was ist, wenn die Katze die Maus frisst?"

Daran hatte natürlich niemand gedacht. In der ganzen Euphorie hatte man diese Möglichkeit total übersehen. Ja, was war, wenn die Katze die Maus fraß? Das war natürlich nicht im Sinne der Erfinder. Aber daran sollte das Projekt nicht scheitern.

Wir machen ein „Brainstorming", schlug Dr. Angela Krohn vor. Ernst sah sie liebevoll an. Ach, wenn sie so aufgeregt war, da könnte er glatt. Doch diesen Traum hatte er schon vor Jahren begraben müssen. Angela war nett zu ihm, nicht mehr. Sie war schließlich mehr oder weniger glücklich verheiratet. Wenn auch mit einem Nicht-Akademiker. Ernst schlug die Augen nieder und die Beine übereinander. Nur für den Fall, dass jemand genauer zu ihm hinschaute. „Eine ausgezeichnete Idee, Kollegin", stimmte er zu. Auch die anderen, einschließlich des Zivis und des Assistenten Otto, schlossen sich dem Vorschlag an.

Die Gehirne stürmten eine ganze Weile, schlugen wüste Wellen, versickerten wieder am Ufer, rollten erneut auf zu neuen Taten, umsonst. „eine Tarnkappe" schlug Wolfgang Bronner, immer gut für einen dummen Witz, schließlich vor. Alle lachten lauthals los. Als sich das Gelächter schließlich zu einem leisen Kichern dämpfte und dann ganz verstummte, ergriff Ernst das Wort: „Bei genauer Überlegung ist dieser Gedanke gar nicht so abwegig. Ich denke mir das so". Nach nochmaligem Räuspern erklärte Ernst den fasziniert lauschenden Kollegen und, Verzeihung, der einzigen Kollegin, wie er sich die Sache vorstelle. Erst einmal müsse man eine kleinere Katze züchten. Der bisherige Weg sei nun einmal nicht gangbar. Wenn man dann die Größe der Katze der Größe der Maus beziehungsweise des Mäuserichs angeglichen habe, könne man weitersehen. Jedenfalls wäre damit das erste Problem auf dem langen

Weg zum Gelingen und vor allen Dingen zum Ruhm aus dem Weg geräumt. Gleichzeitig könne man natürlich die Sache von der anderen Seite her anpacken, sprich, den Mäuserich auf die Größe der Katze zu bringen. Weiterhin sei ins Auge zu fassen, eine weibliche Maus und einen Kater ins Programm zu nehmen. Kurz, man müsse Projektgruppen bilden, die sich jeweils um die Ausführung der einzelnen Schritte kümmern müssten.

Die Begeisterung über diesen genialen Geistesblitz von Ernst war unbeschreiblich. Man ging dazu über, die entsprechenden Gruppen zu bilden. Ernst, als Träger der Idee, durfte sich als erster einen Mitstreiter aussuchen. Nun, er suchte nicht lange. Sein wohlgefälliger Blick haftete sich fast unmittelbar und sofort auf die leuchtenden Wangen von Angela. Ja, sie sollte seine Partnerin sein, wenn schon nicht im richtigen Leben, dann doch hier, hier, wo sie sowieso die meiste Zeit verbrachten, er und alle seine Kollegen. Die paar Stunden daheim vor dem Fernseher mit ihrem Mann wollte er ihr nicht neiden. Das nächste Team bildeten Wolfgang Bronner und der Assistent Otto. Blieben noch der Zivi, übrigens schlicht und einfach Klaus genannt, und die Laborassistentin, Margete Köller, übrig. Beide noch jung, beide noch eifrig, beide ineinander verliebt. Also alles bestens. Der Zivi würde nach seinem Pflichtjahr weiter im Labor arbeiten, also war das Projekt auf lange Sicht gesichert.

Die Laborassistentin Margete hatte Beziehungen. Nein, keine weiteren körperlichen wie zu ihrem Klaus, nein, sie hatte Beziehungen zu einem Bauern, bei dem sie immer ihre Öko-Eier kaufte. Und dieser Bauer hatte jede Menge Katzen. Was noch bedeutungsvoller war, er hatte auch genug Mäuse, die Katzen schafften sie nicht alle, da sie unentwegt, genauso wie die Mäuse, dabei waren, sich zu reproduzieren. Man konnte also aus dem vollen schöpfen.

Man schöpfte. Und schöpfte und schöpfte. Monatelang ging nichts vorwärts. Die einzelnen Teams versuchten, sich selbst zu übertrumpfen, umsonst. Lange Lagebesprechungen wurden abgehalten. Warum wurden die Mäuse nicht größer, die Katzen nicht kleiner? Irgendein Gen spielte da falsch. Man suchte nach Schuldigen, fand sich aber nur gegenseitig. Trotzdem wurde weiter geforscht, aufgeschnitten, zugenäht, verbunden, verdrahtet und verkuppelt. Die einzige, die dabei schwanger wurde, war Margete, das allerdings war außerhalb des Labors geschehen.

Mutlosigkeit setzte ein. Was man auf der einen Seite erreichte, wurde auf der anderen wieder zerstört. So ging es einfach nicht weiter.

Doch eines Morgens, inzwischen waren fast zwei Jahre des Forschens und Versuchens vergangen, trat Otto, inzwischen vom Assistenten zum ordentlichen Mitarbeiter befördert, an den Käfig, in dem sein Team das ihnen gehörende Pärchen Katze-Maus wohnlich eingesperrt hatte. Nach langen, ermüdenden Verfahren war es dem Team Wolfgang/Otto gelungen, eine vergrößerte Mausausgabe herauszuzüchten und die Katze hingegen herunterzuzüchten. Obwohl jetzt quasi ein Größengleichstand, oder zumindest doch in etwa, bestand, hatte es die Katze bisher immer geschafft, die Maus sozusagen zu verfrühstücken statt zu verführen. Doch dieses Mal. Otto traute seinen Augen nicht. Die zwei Insassen des Käfigs ruhten traut, die Pfoten ineinander verschränkt, in einer Ecke des Käfigs. Hatten sie etwa. ? Sie hatten. Einige Wochen später war es so weit und heraus: die Geburt setzte bei der Kätzin ein. Heurekta, „Zimak" erblickte das Licht der Welt. Klein, nein, winzig war er, oder sie? Das war momentan noch nicht feststellbar, niemand wagte, Zimak anzurühren, so zerbrechlich sah er/sie aus. Außerdem wachten Katze und Maus mit Argusaugen über ihrer Brut. Diese hatte den Schwanz der Maus, nein, des Mäuserichs, - „keine Zoten, bitte", sagte Angela mit einem strafenden Blick zu Wolfgang Bronner – und ein kurzes bräunlich weiß getupftes Fell. Das Köpfchen war katzenähnlich, jedoch die Zähne bleckten daraus wie vom Mäusevater hervor. Die winzigen Äuglein waren noch geschlossen. Gelungen, stellten alle fest und griffen zur Polaroid – Kamera. Die Welt sollte staunen!

Im Geiste sahen sich schon alle von Reportern umringt, mit Preisen ausgezeichnet, Reden und Referate haltend, berühmt, bekannt, begehrt und, letztendlich, auch reich. Sie beschlossen jedoch, noch einige Tage abzuwarten, Zimak sollte die ersten Tage ihres/seines Lebens im Schoße der Familie und des gemütlichen Labors verbringen, wenn sie/er dann genug bei Kräften sei, würde man der Welt diesen größten aller Erfolge mitteilen.

Ernst sah sich bereits im Licht der Kameralampen erglühen, er trank noch mehr Kaffee in den nächsten Tagen (weiterhin ohne Wirkung auf seine Äußerlichkeiten). Doch der Ruhm seines Erfolges würde derartige Banalitäten verblassen lassen. Die Stimmung der Wissenschaftler war auf dem Siedepunkt, sie konnten an nichts anderes mehr denken als an ihren Erfolg. Sie hatten ihn sich verdient.

„Verdammte Scheiße", schrie Angela und sprang aus dem Bett. Warum hatte der Wecker nicht geläutet? Sie sollte ihn endlich zum Fenster hinauswerfen, das hatte er schon lange verdient. Sie langte zum Nachtkästchen. Riss die Augen auf. Heute war Neujahr, der erste Januar 1980 und sie musste heute überhaupt nicht ins Labor. Aber wer oder was war Zimak?

# Horchen – gehorche!

W as machen wir heute nur?" - gähnte Oberhauptwachtmeister Brandl und streckte genüsslich die Füße auf dem Schreibtisch aus. - Es ist mal wieder nichts los hier, stinklangweilig. Seit wir überall reinhören können, ist tote Hose angesagt. - Genau, bestätigte sein Kollege, Wachtmeister Hauser, die Ganoven wissen genau, dass wir sie jederzeit am Arsch kriegen können. - Ts, ts, ts, machte Brandl, - was für eine Ausdrucksweise, geht es nicht etwas kultivierter? - Scheißkultur, grinste Hauser, da haben wir doch eine Menge zugelernt in den letzten Jahren. - Wie meinst du das? - Na ja, erinnere dich doch mal an den hochehrenwerten Richter vom Landgericht. Was der in seinem Schlafzimmer so alles von sich gegeben hat! War die Wucht in Tüten, oder? - Brandl stimmte nickend zu. "Richtig, da haben wir unseren spärlichen Wortschatz mal gut aufbessern können. Und dazu hat er diese kernigen Aussprüche nicht seiner Ehefrau zugedacht, sondern der süßen, schnuckeligen Blondine, die er in sein satinglänzendes Bett mitgenommen hatte, als Muttern nicht da war. - Hauser kicherte leise vor sich hin. - Und als wir ihn dann mit unserer Aufnahme beglückt haben, ging ihm der Arsch ganz schön auf Grundeis. Sein Angebot war nicht von schlechten Eltern, konnte mir endlich den Wagen leisten, den ich schon lange im Auge hatte.

Brandl legte die Stirn in Falten. Erinnerst du dich noch an Flegelmeier? Der wollte doch anfangs überhaupt nichts rausrücken. Schließlich hat er es doch geschnallt, dass er besser wegkommt, wenn er uns eins seiner Schweizer Konten überschreibt, bevor wir alle dem Finanzamt melden. War auch Zeit, schließlich hat meine Tochter geheiratet und brauchte dringend eine Eigentumswohnung. Haha, lachte Hauser, und für meinen Swimmingpool ist er auch aufgekommen.

Unsere Arbeit hat sich ganz schön verändert in den letzten Jahren, seufzte Oberwachtmeister Brandl etwas gestresst. - Ich will ja nicht sagen, dass wir unproduktiv wären, im Gegenteil. Aber ständig irgendwo Gespräche abzuhören, das ist enorm anstrengend. Ich fürchte, ich werde mir bald ein Hörgerät zulegen müssen. - Da mach doch gleich mal einen Antrag, das geht doch auf Kosten der Steuerzahler, schließlich hast du dir diesen Schaden in Ausübung Deiner dienstlichen Pflichten erworben, meinte Hauser gelassen. Plötzlich begann Brandl schallend zu lachen. - Wenn ich mir vorstelle, dass wir vor etlichen Zeiten noch Streife gegangen sind, ständig dem Richter wegen Hausdurchsuchungsbefehlen und einstweiligen Verfügungen in den Ohren lagen, uns jeder Art von Kriminellen übers Ohr hauen ließen... Nein, danke, die Zeiten wünsch ich mir nicht mehr zurück. Dann doch lieber etwas langweiliger, gemütlich im Sessel und Ohrhörer auf. Das Dumme ist nur, dass die Leute inzwischen total maulfaul geworden sind, die Einnahmequellen versickern schön langsam. - Leider, stimmte ihm Hauser bedauernd zu. Aber wir beide haben doch unser Schäfchen im Trockenen. Und die anderen Kollegen sicher auch.

Oh Mann, fügte Brandl hinzu, weißt du noch, wie wir unseren obersten Boss reingelegt haben? - Und ob ich das weiß, Hauser nahm gelassen einen Schluck aus seiner Bierflasche, er hat's nicht fassen können, dass wir über seine von der Drogenmafia fließenden Kohlen Bescheid wussten. Ich denke, auf unseren Konten ist das Geld wesentlich besser untergebracht. - Er soll jetzt in der Psychiatrie sein, schüttelte Brandl den Kopf. Man hat mir berichtet, dass er täglich stundenlang die Möbel in seinem Zimmerchen absucht und sogar schon versucht hat, den Betonfußboden aufzukratzen. Der Mann hat eine Phobie entwickelt, merkwürdig, früher war er immer ganz gesund. Na ja, so kann's geh'n im Leben, der eine rauf, der andere runter.

Solange wir rauf gehen, ist mir das völlig wurscht, betonte Wachtmeister Hauser, und nahm noch einen tiefen Schluck. Er schaute
auf die Uhr: - Bald Feierabend, muss für meine Alte noch ein paar
Blümchen zum Geburtstag besorgen. Und für meine Ausgleichsalte
einen schnuckeligen Ring zum Valentinstag. Die kann den Hals
auch nicht voll genug kriegen. Aber sexy isse, das kannste mir
glauben. Dabei war sie zuerst in den Nachtklubbesitzer von der
Toga-Bar verknallt, aber seit wir dem gesagt haben, was Sache ist
und er auf dem Trockenen saß, ist sie mit wehenden Fahnen zu mir
übergewechselt. - Is ne klasse Puppe- , erwiderte Brandl und erhob
sich ächzend aus seinem Sessel. - Schalt mal das Aufnahmegerät
ab, wies er seinen Untergebenen an, unsere Abhörschicht ist zu
Ende, let's go. Er griff nach seiner Jacke, die über einer Stuhllehne
hing. Hauser ging zu dem Gerät. Lässig drückte er auf den Aus-
Knopf. Nichts geschah. Die LED Anzeige leuchtete weiter. -
Warum geht das Mistding nicht aus? - Er schüttelte den Kopf und
versuchte es nochmals. Kein Erfolg. - Lass mich mal, du Spezialist,
sagte sein Chef und machte den gleichen vergeblichen Versuch,
ebenfalls ohne Erfolg. Er runzelte die Stirn. Lass uns mal abhören,
was da alles drauf ist. Das Band lief zum Anfang vor. Es knackte
ein paar Male, dann. - Was machen wir heute nur? - ertönte
Brandls Stimme. Man hörte sogar, wie er seine Füße mit einem
schabenden Geräusch auf den Schreibtisch platzierte.

Die zwei wurden nervös. Erschreckt schauten sie sich an. Das Telefon klingelte und ließ beide zusammenfahren. - Zögernd ergriff
Oberwachtmeister Brandl den Hörer: Hier Brandl, Lauschstation
5A, meldete er sich. Aus dem Hörer kam ein leises Kichern: - Ich
wollte euch nur meine Kontonummer durchsagen, ich erwarte das
Geld in spätestens drei Tagen. - Verblüfftes Schweigen. Dann, ganz
leise im Hintergrund in der Leitung eine freundliche, samtweiche
Frauenstimme: - Auch Sie wurden gehört".

# Jacks wunderbare Rettung

S chrecklich", sagte Milly, "Jack, lies doch, man hat schon wieder in Johnsons Laden eingebrochen, ich kann die Leute nicht verstehen, die fremde Sachen wegnehmen, das ist gemein, nicht wahr?" "Hmm", brummte Jack, "hast schon recht". "Ja, und dann hab' ich immer Angst, dass sie in deinem Magazin mal einbrechen. Nachtwächter ist doch ein sehr gefährlicher Beruf", seufzte Milly bewundernd. "Halb so schlimm", murmelte Jack und schaute auf die Uhr. "Ich muss jetzt geh'n, Milly". - "Tschüs, aber Moment mal, du hast doch drei Tage frei, hast du das vergessen?" - "Ja", stammelte Jack, "aber ich bin mit Freunden verabredet". - "Soso", bemerkte Milly misstrauisch, "mit Freunden also. Haben diese Freunde vielleicht lange Haare und einen Rock an?" "Milly", sagte Jack empört, "wie kannst du das von mir denken! Wo du doch ganz genau weißt, dass ich nur dich gerne habe"..

"Gut", sagte Milly zögernd, "ich glaube dir". Im Stillen dachte sie: Natürlich ist das mit den Freunden eine dumme Ausrede. Dir werd' ich heimleuchten. Du sollst mich kennenlernen. Heute gehst du nicht mehr weg. Sie lächelte Jack an und fragte schmeichelnd: "Bleibst du dann wenigstens noch auf eine Tasse Kaffe bei mir? Sonst glaub' ich dir nicht. Wo du doch so wenig zu Hause bist", fügte sie schmollend hinzu. Jack grinste geschmeichelt und setzte sich wieder hin.

Milly eilte in die Küche und setzte Wasser auf den Herd. Dann nahm sie die Tassen aus dem Schrank. Eine blaue für Jack, eine gelbe für sich. Wo war denn noch das Schlafpulver? Ach richtig, im Salzfass. Sie schüttete ein Pulver in die blaue Tasse und tat Kaffee und Zucker darüber. Das Wasser kochte. - Milly balancierte die Tassen ins Zimmer und reichte Jack die blaue. "Blau ist die Treue", deklamierte sie. "Dein Kaffee riecht gut", schnüffelte Jack und schlürfte genießerisch in kleinen Schlucken. Milly tat es ihm nach und musste an sich halten, um nicht laut zu lachen. "So", sagte Jack, "und nun geh' ich. Komisch", fügte er hinzu, "mir ist plötzlich ganz nach Schlafen. Ich bin müde". Er gähnte. "Nanu", sagte Milly arglos, "wie kann man nach Kaffee müde werden?" Aber Jack war schon auf seinem Sessel sanft entschlummert.

Am nächsten Morgen rüttelte Milly Jack unsanft aus dem Schlaf. "Hör zu", rief sie, "heute Nacht hat man in deinem Magazin einge-brochen. Die Täter sind geschnappt, nur einer fehlt noch. Der sollte Schmiere steh'n und ist nicht gekommen. Den werd'n sie auch nicht kriegen, die anderen wissen nicht mal seinen Namen. Ein Glück, dass du nicht da warst!" Jack war bleich geworden. "Ein Glück, wahrhaftig", sagte er. Ein Glück, dachte er, dass ich den Kumpels nicht meinen Namen gesagt habe.

# Späte Rache

L isbeth stöhnte. Sie wusste nicht genau, wo sie gerade war. Wo war sie und wer war sie? Sie schlug die Augen auf, bewegte den Kopf im Zeitlupentempo. Sie fühlte Fremdkörper in ihrem Mund, in ihrer Nase. Ihr linker Arm brannte. Langsam wanderten ihre Augen nach oben. Sie sah einen durchsichtigen Plastikbehälter mit einer hellen Flüssigkeit. Ein Schlauch führte aus diesem Behälter heraus, sie verfolgte ihn angestrengt mit den Augen. Er endete in ihrer Armvene. Daher also das Brennen. Doch was war das ganze Zeug in ihrem Gesicht? Sie atmete mühsam und fühlte den Sauerstoff ihre Lungen füllen. Wie kam sie hier her? Arthur! Wo war er? Hatte er ihr sie in diesen Raum gebracht? Dafür gesorgt, dass sie sich nicht bewegen konnte? Lisbeth bemühte sich, nachzudenken. Nichts, nur ein Nichts in ihrem Gehirn. Was war nur mit ihr los? Sie schloss wieder die Augen, dämmerte dahin. Fetzen wanderten durch ihr Gehirn, Gedanken, früher einmal gedacht oder ausgesprochen? - Dann schlief sie wieder.

"Sie hatte einen Schlaganfall", sagte die Ärztin. "Sie wird sich vermutlich wieder davon erholen, wir müssen abwarten. Haben Sie Geduld. Es kann einige Zeit dauern". - Sie erklärte ihm noch Einzelheiten, die jedoch an seinen Ohren vorbei rauschten. Nur das Wort Schlaganfall blieb in seinem Kopf und dröhnte darin im Kreis herum. Schlaganfall, Schlaganfall, Schlaganfall. Wie hatte das passieren können? Natürlich, sie war sieben Jahre älter als er, nicht immer so gesund gewesen wie er. Dabei vergaß er, dass er selbst bereits einen Angina Pectoris Anfall hinter sich hatte, auch im Krankenhaus gelandet war. Krankheit war ihm ein Gräuel. Er war nun fast achtzig Jahre alt und außer einer der üblichen jahreszeitlichen Schnupfen hatte er nichts gehabt. Er doch nicht. Selbst seine Zähne waren trotz mangelhafter Pflege noch die eigenen. Keine Plomben, keine Fremdkörper. Seine eigenen Kauwerkzeuge. Lisbeth hatte schon lange ein Gebiss. Wenn immer andere über gesundheitliche Probleme klagten, sagte er nur: "Wie bist du denn da ran gekommen? Du hältst dich aber auch mit allem Kram auf".

Arthur fuhr nach Hause. Er rief seinen Sohn an. Sagte ihm, was er von der Ärztin erfahren hatte. Was Horst am meisten entsetzte war die Tatsache, dass es über eine Stunde gedauert hatte, bis der Krankenwagen eingetroffen war. Angeblich hatte es im Landkreis schwere Unfälle gegeben, so dass alle einsetzbaren Wagen unterwegs waren. Nun wohnten seine Eltern zwar in einer behindertengerechten Wohnung des Malteser Hilfswerkes, jedoch durften die zahlreichen Malteser-Krankenwagen, die auf dem Parkplatz der Anlage standen, nicht eingesetzt werden. Er fühlte sich genauso hilflos wie sein Vater. Bei einem der nächsten Besuche im Krankenhaus erklärte ein Arzt, es sei zu Gehirnblutungen gekommen, die Aussichten nicht gut, man müsse mit dem Schlimmsten rechnen. Doch Lisbeth erholte sich wieder. Sie hat ein starkes Herz, sagten die Ärzte und Schwestern. Nach einigen Wochen wurde sie in die Reha-Klinik nach Maschendorf verlegt.

"Sie bekommt überhaupt nichts davon mit", sagte Arthur. "Sie versteht gar nichts, sie hört uns nicht, sie jammert nur die ganze Zeit". Lisbeth saß zusammengesunken im Rollstuhl, gehen würde sie nie wieder können. Auch ein Katheder war ihr gelegt worden, sie hatte keine Kontrolle mehr über Darm- und Blasenfunktion. Aber essen konnte sie noch, manchmal versuchte sie sogar, selbst ein Stück des in Häppchen geschnittenen Brotes zum Munde zu führen. "Sie kriegt nichts mit", sagte Arthur, als sein Sohn und seine Schwiegertochter bei einem Besuch mit Lisbeth im Rollstuhl im kleinen Park der Reha-Klinik saßen.

Lisbeth lächelte. Sie streichelte den Hund, der Sohn und Schwiegertochter Sanne gehörte, schien ihn wiederzuerkennen. Sie hörte, was gesprochen wurde, bekam *doch* alles mit. Sie wusste jetzt, was mit ihr passiert war, konnte ihr Entsetzen aber nicht in Worte fassen. Es kamen nur knurrende Laute aus ihrer Kehle, manchmal ein unpassendes Ja oder Nein. Doch obwohl ihr Hörgerät nicht eingeschaltet war, konnte sie doch den Sinn der meisten Sätze erfassen oder erraten. Wenn nur diese unsäglichen Schmerzen nicht gewesen wären! Bei jeder Berührung zuckte sie zusammen und sagte: "Au, au, au, au, weh!" - "Das macht sie schon die ganze Zeit", erklärte Arthur, "jeden Tag, wenn ich komme, höre ich sie nur jammern". Lisbeth wurde immer kleiner im Rollstuhl. Sie krümmte sich zusammen, wollte ihnen sagen, wo es weh tat. Doch so sehr sie sich auch anstrengte, es ging einfach nicht. Sie war froh, als sie wieder in ihr Bett gebracht wurde, obwohl auch hier die Schmerzen in der Rückengegend nicht verschwanden.

Horst und Sanne verabschiedeten sich. Sanne schien es, als wollte Lisbeth mit ihren Augen etwas sagen, konnte aber auch nicht herausfinden, was sie ihnen mitteilen wollte. Als alle fort waren, schloss Lisbeth wieder die Augen und verfiel in ihren gewohnten Dämmerzustand. Erinnerungen tauchten auf, sie war wieder jung, hübsch, konnte laufen und arbeiten. Sie hatte einige Jahre als Verkäuferin in einem großen Kaufhaus gearbeitet, es hatte ihr Spaß gemacht, sie hatte die Arbeit geliebt. Doch als sie Arthur heiratete, wünschte er, dass sie zu Hause blieb. Das tat sie. Als dann nach einigen Jahren ein Sohn geboren wurde, sie hatte schon gar nicht mehr mit Kindern gerechnet, schien ihr Glück vollkommen. Sie liebte ihren Mann, ihren Sohn, ging auf in der Versorgung des Heimes und der Familie. Arthur war Mitglied in einem Gesangsverein, man machte gemeinsame Ausflüge, besuchte sich gegenseitig, fuhr in Urlaub, kurz, ein erfülltes Leben. Außerdem hing Lisbeth sehr an ihrer Schwester, Alma. Fast jedes Wochenende besuchte sie diese oder Alma kam zu ihr. Arthur arbeitete bei der Polizei, hatte viele Kollegen, auch da also freundschaftliche Kontakte. Ja, sie hatten viele Jahre friedlich zusammen verbracht, eine Freundin hatte sie nie vermisst, eigene Interessen nie gehabt. Sie lebte mit und durch die Familie.

Lisbeth lächelte im Halbschlaf. Die Jahre waren zu schnell vergangen. Kaum war der Sohn geboren gewesen, als er auch schon in die Schule geschickt werden musste. Sie hätte ihn viel lieber noch zu Hause behalten, er war ihr ein und alles. Horst zeigte leider schon von klein auf eine Tendenz, sich ständig irgendwie in die Nesseln zu setzen, sowohl bildlich als auch im übertragenen Sinne. Ständig war er irgendwo verletzt, hatte es sogar einmal fertig gebracht, seine Finger in eine Steckdose zu stecken. Er hatte durch seine Neugier eine geschwärzte Hand davongetragen, es dauerte einige Zeit, bis wieder alles verheilt war. Die Zeit war davon gerast, Horst hatte die Schule beendet, die Hauptschule, obwohl die Lehrer geraten hatten, ihn eine weiterführende Schule besuchen zu lassen. Arthur wollte das nicht, für ihn habe auch die Hauptschule ausgereicht, sagte er. Trotzdem sei er Beamter geworden. Er schickte seinen Sohn nach einer Lehre als Einzelhandelskaufmann zum Bund. Gleich für vier Jahre. Lisbeth hatte nicht viel dazu gesagt, Horst hatte zwar Automechaniker werden wollen, doch der Beruf war Vater zu schmutzig. Inzwischen war auch Lisbeth dazu übergegangen, häufig Vater zu Arthur zu sagen. War Arthur manchmal zu streng mit Horst gewesen? Sie konnte sich nicht mehr an alles erinnern, nur Schläge, dass wusste sie, hatte es häufig gesetzt. Ihre Gedanken verloren sich, tröpfelten davon. Eine angenehme Leere breitete sich in ihrem Gehirn aus. Sie schlief fest und traumlos.

"Es bestehen kaum Aussichten auf Besserung", teilte der forsche, dunkellockige Arzt den Besuchern von Lisbeth mit, "unter Umständen ist eine Besserung von fünf Prozent zu erwarten, mehr ist nicht drin". Er zuckte mit den Schultern. Arthur fragte ihn, wobei ihm wieder einmal die Tränen in die Augen stiegen: "Kann ich sie mit nach Hause nehmen, die Schwester hat mir angeboten, ein entsprechendes Bett zu bestellen". Sein Sohn und seine Schwiegertochter hatten bereits versucht, ihm das auszureden. Arthur selbst war inzwischen fast 80 Jahre alt, zu hundert Prozent schwerbehindert, übergewichtig und hatte Diabetes. Wie sollte er das schaffen? Er würde Lisbeth waschen müssen, den Katheder erneuern, sie wickeln, sie füttern, kurzum, rund um die Uhr für sie sorgen müssen. Das würde zuviel für ihn sein. Auch die Beratungsstelle für pflegende Angehörige hatte Bedenken geäußert. Vernünftiger sei es, sich nach einem Platz in einem Pflegeheim umzusehen. Eine entsprechende Liste von Heimen wurde ihnen ausgehändigt. Ganz anders der zuständige Arzt. "Wenn ich an Ihrer Stelle wäre", brachte er mit ernster Miene hervor, "ich würde meine Frau mit nach Hause nehmen und selbst die Pflege übernehmen. Sie können ja noch einen Pflegedienst einschalten. Ich jedenfalls würde meine Angehörigen nichts ins Heim stecken". Sanne unterbrach ihn. "Herr Doktor, vielleicht werfen Sie mal einen Blick auf meinen Schwiegervater. Er ist nicht mehr der Jüngste, am Wochenende übernimmt der Maltester Hilfsdienst keine Pflege, ist auch nicht erreichbar, wie stellen Sie sich das vor?" Arthur sah niedergeschlagen und verwirrt aus. Er wusste nicht mehr, was er machen oder denken sollte. Wer hatte Recht? Was würde die Verwandtschaft dazu sagen, wenn er Lisbeth jetzt im Stich ließe? Er hatte das Gefühl, eine Schuld abtragen zu müssen. "Ich werde das Bett besorgen lassen", sagte er. "Was auch immer Sie tun, überlegen Sie es sich gut", meinte der Arzt und verabschiedete sich.

Im Büro der Klinik wurde Arthur darüber informiert, dass Lisbeth unter Umständen bleiben könne, bis ein Pflegeplatz gefunden sei. Horst und Sanne hatten so lange auf ihn eingeredet, bis er schließlich eingesehen hatte, dass eine rund um die Uhr Pflege für ihn zu viel sei. Nur zögernd hatte er nachgegeben, er fühlte sich als Verräter.

Bereits nach einigen Tagen und viel Glück war ein Heimplatz gefunden. Lisbeth wurde verlegt, nach Weilach. Sie wollte nach Hause, merkte jedoch, dass sie wieder woanders hingebracht wurde. In den ersten Tagen weinte sie viel, konnte aber besser sprechen, beklagte sich, drohte. Arthur war ständig in Tränen aufgelöst, fing wieder davon an, sie nach Hause zu nehmen. Ihre Schwiegertochter Sanne sprach mit ihr, schimpfte sie aus, sagte ihr, dass sie Arthur unnötig das Herz schwer mache. Lisbeth klagte wieder über starke Schmerzen. Ein Trick von ihr? Niemand wollte es so recht ernst nehmen, hatten die Ärzte der Reha-Klinik und auch des Kreiskrankenhauses doch gesagt, es gehe ihr soweit wieder gut, sie könne eigentlich keine Schmerzen haben. Wollte Lisbeth allen ein schlechtes Gewissen einreden?

Nein, das war nicht der Fall. Eines Tages rief das Pflegeheim an. Ein Arzt werde dringend für Lisbeth benötigt. Erstaunt fragte Sanne: "gibt es denn keinen Arzt bei Ihnen?" - Nein, zwei- oder dreimal die Woche käme ein Arzt zu seinen Patienten, doch jeweils der entsprechende Hausarzt. Er wurde angerufen, lehnte jedoch ab, seine Patientin in Weilach weiterhin zu betreuen, zuviel Aufwand für ihn. Ein anderer Arzt kam und untersuchte Lisbeth eingehend. Die heftigen Schmerzen fanden eine Erklärung. Lisbeth hatte ein daumennagelgroßes Loch über dem Steißbein, die Wunde offen und stark verschmutzt, was zuerst wie eine Kruste ausgesehen hatte, stellte sich als angetrocknete Fäkalienreste heraus. Die Wunde war in einem üblen Zustand. Wann war das geschehen? Nach Ansicht des Arztes konnte die Verletzung nur im Krankenhaus oder in der Reha-Klinik verursacht worden sein, er würde sich erkundigen. Doch beide Kliniken hatten in den Entlassungspapieren nichts derartiges erwähnt. Die Familie war fassungslos. Sie hatten geglaubt, Lisbeth sei optimal versorgt worden, warum hatte niemand beim Anlegen des Katheders oder beim Windelwechsel diese Verletzung bemerkt? Wer oder was hatte sie verursacht? Eine Erklärung war eventuell ein Sturz, war Lisbeth beim Umbetten fallen gelassen worden? Auch der Katheder war seit langem nicht gewechselt worden, die Haut verkrustet und entzündet. Lisbeth hatte endlos Schmerzen ertragen müssen, niemand hatte ihr geglaubt. Die Wunde heilte nur langsam, die Schmerzen vergingen ebenso langsam. Ein Verantwortlicher wurde nie gefunden. Oder sollte nie gefunden werden.

Goldene Hochzeit, 50 Jahre verheiratet. Das hatten sie beide geschafft, Arthur und Lisbeth. Am 21. September war es soweit. Lisbeth ging es einigermaßen. Sie konnte essen, sprach etwas, verstand mehr, als jeder glaubte. Was sie sprach, war allerdings oft unverständlich. Nicht, weil sie die Gedanken nicht hätte ordnen können, zumindest die meiste Zeit, sondern weil sie schon lange keine Zähne mehr hatte. Sie hatte beträchtlich abgenommen in den letzten Wochen und Monaten, das Gebiss passte nicht mehr. Und das Hörgerät war abhanden gekommen. Horst versuchte seinen Vater zu überreden, das Gebiss wenigstens unterfüttern zu lassen. Arthur machte ein paar halbherzige Versuche, ein Zahnlabor zu finden, etwas zu arrangieren. Ein Zahnarzt, der Lisbeth im Pflegeheim aufsuchen würde, war nicht aufzutreiben. Zu einem Labor hätte sie gefahren werden müssen.

"Sie hat sich längst daran gewöhnt, ohne Zähne zu essen, geht doch ganz gut", sagte Arthur und schob ihr ein weiteres Brothäppchen in den Mund. Lisbeth kaute verzweifelt daran herum. Arthur schob bereits das nächste nach. Sie schluckte, schluckte, hustete. Versuchte wieder schneller zu schlucken. Sie drehte den Kopf zur Seite. Warum verstand er nicht, dass sie nicht so schnell essen konnte? Hilfesuchend sah sie zu Sanne. Die nickte ihr zu, sah ihr in die Augen, verstand. "Arthur", sagte sie, kannst du das Kopfteil vom Bett nicht höher stellen und ihr das Essen etwas langsamer geben? - Er schaute sie verblüfft an. "Sie isst immer so", stellte er lakonisch fest und stopfte ihr den nächsten Brocken in den Mund. "Lisbeth, soll ich das Kopfteil verstellen?" - "Nein", sagte sie. Sie hatte Ja sagen wollen, es war nur wieder einmal falsch herausgekommen. Woran lag das nur? Lisbeth war sich nicht klar darüber, dass es sich hier um einen Reflex handelte, hatte sie doch jahrelang immer nur das gesagt, was von ihr erwartet wurde. Nur war ihr das nicht bewusst. "Na also", meinte Arthur, "sie will das so. Außerdem versteht sie nicht, was los ist". Er löffelte ihr inzwischen die kalte Suppe in den Mund. Sanne biss sich auf die Zunge. Warum gab er ihr die Suppe nicht zuerst? Sie wurde sowieso lauwarm von der Schwester ins Zimmer gebracht.

Überhaupt, das Essen. Schlecht war es nicht, jedoch lieblos auf abgeschabten Plastiktabletts serviert, meistens eine Suppe, etwas belegtes Brot, ein Joghurt. Für Suppe und Joghurt der selbe Löffel. Zwischendurch Tee aus dem Schnabelbecher. Auch wenn Arthur in den Augen seines Sohnes und seiner Schwiegertochter sich oft unsensibel verhielt, er kam pünktlich jeden Tag um 15.00 Uhr zu Lisbeth und fütterte sie, wenn um 16.30 das Abendessen serviert wurde. Auch andere Bewohner des Heimes wurden oft von Angehörigen versorgt. Das Personal war knapp, die Schwestern und der Hiwi konnten nicht allen gerecht werden. Eine Schwester erzählte, dass Lisbeth das Mittagessen oft selbst essen könne, sie brauche nicht gefüttert zu werden. Jedenfalls hatte Arthur diese Aufgabe übernommen, ob Lisbeth nun wollte oder nicht.

Jeden Tag wartete sie auf Arthur. Manchmal, wenn er kam, schien sie zu schlafen. Aber das tat sie nicht. Sie beobachtete ihn unter fast geschlossenen Lidern, hörte zu, wie er sich mit den Besuchern der im Nebenbett liegenden Frau unterhielt. Einerseits freute sie sich auf sein Kommen, andererseits war sie froh, wenn er wieder ging. Er sprach nicht mit ihr, er sprach über sie. Heute kamen Horst und Sanne zusammen mit ihm. Aber bereits vor dem Mittagessen. Außerdem war noch eine andere Frau dabei. Sanne streichelte ihr die Hand. "Auf geht's, Lisbeth, jetzt werden wir Deine Haare verschönern". - "Arthur schaute sie an und sagte: "Du weißt doch, dass wir heute goldene Hochzeit haben, oder?" - Lisbeth nickte. "Ja", sagte sie und lächelte. "Weißt du noch, wann wir geheiratet haben? In welchem Jahr?" Sie antwortete nicht, lächelte nur weiter. "Das weiß sie natürlich nicht, nicht wahr Lisbeth?" Sagte Arthur und schüttelte den Kopf. Dann bohrte er weiter: "weißt du überhaupt, was heute für ein Tag ist?" Lisbeth hörte auf zu lächeln. Sie versuchte sich zu orientieren. Aber woher sollte sie wissen, was heute für ein Tag war? Es gab keinen Kalender im Raum, kein Radio, nur einen Fernseher, der fast nie eingeschaltet wurde. Außerdem war der Ton nicht besonders gut und ohne Hörgerät nützte er Lisbeth nichts. Die Schwestern kamen auch nicht morgens in das Zimmer und kündigten an: "Heute haben wir Freitag, den Dreizehnten, der Himmel ist bewölkt, später soll jedoch die Sonne herauskommen, in den Nachmittagsstunden ist etwas Regen angekündigt". - Nein, sie wusste wirklich nicht, welcher Tag heute war.

Sanne und die Friseuse hatten sie in das Badezimmer geschoben. Das Haarwaschen wahr strapaziös, es gab kein geeignetes Becken, die beiden Frauen mussten mit einem Wasserkrug und Schüsseln hantieren, kaltes Wasser lief Lisbeth in den Nacken. Sie beklagte sich jedoch nicht. Dann wurden die Haare gekürzt, außerdem bekam sie eine Kopfmassage. Das tat gut. Sie fühlte sich wohl wie schon lange nicht mehr.

Die Schwestern hatten ihr ein Kleid angezogen, Arthur hatte ihr eine Halskette angelegt. Sie sah gut aus, sagte jeder. Ein Wagen des Malteser Hilfsdienstes sollte sie zum Restaurant fahren, wo in einem Nebenraum ein Tisch für die Feier der Goldenen Hochzeit reserviert worden war. Der Wagen kam nicht. Da das Wetter schön war, konnte Arthur mit Lisbeth im Rollstuhl den Weg zu Fuß zurücklegen. Nachdem das Essen fast vorbei war, kam der Fahrer des Wagens. Er sei aufgehalten worden, könne sie aber dann zurückfahren. Arthur verzichtete. Das Wetter habe sich nicht geändert, er könne es auch alleine zurückschaffen. Außerdem wolle man den Kaffee im Restaurant des Pflegeheimes einnehmen.

Die Gäste, unter anderen auch die Schwiegereltern von Horst, die Kinder seiner Frau Sanne und Arthurs Schwester, die zu der Feier gekommen war, machten sich auf den Weg. Der Tisch im Restaurant war liebevoll gedeckt. Es gab Kaffee und Kuchen, Lisbeth aß ihren Kuchen fast alleine, schaffte es sogar, ab und zu selbständig einen Schluck Kaffee zu trinken. Sie lächelte alle an, nickte und beschäftigte sich mit einer Serviette, die sie immer wieder faltete und entfaltete. Sie freute sich, sie fühlte sich wohl. Sie schaute ihren Sohn an, hörte den Gesprächen zu, verstand das meiste. Zu gerne wäre sie aus dem Rollstuhl aufgestanden, doch die Füße würden ihr den Dienst versagen.

Die Füße. Die Probleme damit waren schon älter. Sie konnte schon lange vor diesem Schlaganfall kaum mehr laufen, geschweige denn, Treppen steigen. Anfangs, als sie mit Arthur nach Dachau gezogen war, um in der Nähe ihres Sohnes zu leben, ging es noch einigermaßen. Nur das linke Bein machte Schwierigkeiten. Sie hatte sich jedoch standhaft geweigert, einen Stock oder gar eine Krücke zu benutzen. Mit den Händen, in denen sie sehr viel Kraft hatte, zog sie sich am Treppengeländer hoch, zog das linke Bein hoch, setzte das rechte nach. Das war mühsam gewesen, aber sie war doch immer dort angekommen, wo sie hin wollte.

Nahezu jeden Sonntag waren sie beim Sohn gewesen, zum Mittagessen und Kaffee. Manchmal auch in einem Lokal. Lisbeth ließ die Gespräche der Tischrunde zeitweise an sich vorbei rauschen. Sie waren wie ein murmelnder Bach im Hintergrund ihrer Erinnerungen. Im Sommer waren sie einmal in einen besonders schönen Biergarten gegangen, die Sonne hatte geschienen, die alten Kastanien streckten ihre dichten Zweige über die Tische, zwischen dem Blattwerk malte die Sonne Kringel auf die Gläser. Arthur wollte drinnen sitzen, hatte gesagt, Lisbeth möge es nicht, im Freien zu sitzen. Sie schmunzelte vor sich hin. Es hatte drinnen keinen Tisch mehr gegeben. Sie hatte draußen sitzen dürfen und es genossen. Es war schön gewesen, das Essen sehr gut, die Luft mild. Leider hatte es plötzlich zu regnen angefangen, ein warmer Sommerregen. Den nahm Arthur zum Anlass, um zum Aufbruch zu drängen. Lisbeth saß gerne im Freien, Arthur nicht.

Lisbeth war in ihrem Rollstuhl eingenickt. Die Feier der Goldenen Hochzeit ging dem Ende zu, die Gäste verabschiedeten sich. Arthur sammelte die Geschenke ein, auch das Gesteck, das sein Sohn Horst und Schwiegertochter Sanne ausgesucht hatten, wurde in Lisbeths Zimmer getragen. Sanne fragte nach den Glückwünschen der Gemeinde. "Da ist nichts gekommen", sagte Arthur, weder von Dachau noch von Weilach. Sanne kam das merkwürdig vor. Einige Tage später rief sie in der Gemeinde an und erkundigte sich. Es stellte sich heraus, dass Arthur seine Frau in Bernbach abgemeldet und mit erstem Wohnsitz in Weilach angemeldet hatte. Auf die Frage, ob er getrennt lebe, hatte er mit "Ja" geantwortet. Natürlich, für ihn war es klar, seine Frau war im Pflegeheim in Weilach und er in der Behindertenwohnung in Dachau. Sanne erfuhr, dass er den Pflegeplatz als Zweitwohnsitz hätte anmelden müssen, dann wären beide weiterhin als Paar geführt worden und auch die Gratulation zur Goldenen Hochzeit hätte stattgefunden. So mussten denn beide auf die Glückwünsche des Bürgermeisters verzichten. "Ist mir doch vollkommen wurscht", behauptete Arthur. War es ihm aber nicht!

In der folgenden Nacht schlief Lisbeth tief und fest. Die ganze Aufregung, die Besucher, die Feierlichkeiten, alles hatte an ihren Kräften gezehrt. In den nächsten Tagen war sie ziemlich schwach. Arthur kam weiterhin jeden Tag, fütterte sie auf seine ungeduldige Weise. Ein Besucher der Frau im Nebenbett erinnerte Lisbeth anscheinend an einen Onkel, den sie sehr gern gehabt hatte. Jedes Mal, wenn er den Raum betrat, strahlte sie über das ganze Gesicht. "Onkel Fritz", brachte sie hervor. "Der ist schon lange tot", wollte Arthur ihr klar machen. Doch sie bestand darauf, es war Onkel Fritz. Auch von Tante Alma versuchte sie zu sprechen, hin und wieder konnte man ein Wort verstehen, doch die meiste Zeit waren ihre Sätze für die Anwesenden unverständlich. Nur mit den Augen konnte sie reden, Sanne begriff ganz langsam, oder glaubte zu begreifen, was Lisbeth ihr sagen wollte.

Einmal hatte Lisbeth ihre rechte Hand verletzt, sie war dick verbunden. "Es tut sehr weh", hatte Lisbeth damals gesagt, als sie zum sonntäglichen Mittagessen bei Sanne und Horst waren, "ich kann die Hand überhaupt nicht benutzen". Sie ließ sich von Arthur das Fleisch schneiden, beim Abendessen das Brot schmieren. Sie wies ihn zurecht, wenn er einen falschen Belag auswählte, schimpfte, er habe ihre Hand berührt, kurz, er konnte ihr überhaupt nichts recht machen. Arthur versuchte, die Ruhe zu bewahren, wurde jedoch zusehends ärgerlicher. Schließlich brachen sie auf. Lisbeth reichte ihre rechte Hand zum Abschied, trotz der Verletzung. Die Tochter von Sanne, Stieftochter von Horst, zuckte zusammen als Lisbeth ihre Hand drückte. Sanne ebenfalls, schaute Lisbeth erstaunt an. Da flüsterte diese: "Weißt du Sanne, wir Frauen wissen schon, wie wir uns an den Männern rächen können". Sanne lächelte sie an und tätschelte ihre Schulter, wusste jedoch nicht, was sie damit anfangen sollte. Sicher, sie hatte bereits einige Situationen erlebt, in denen Arthur nicht gerade liebevoll mit seiner Frau umgegangen war, doch das kam in den besten Familien vor. Er fuhr ihr oft über den Mund, korrigierte sie bei Erzählungen, warf ihr ihre Unwissenheit vor. Doch die beiden waren so lange verheiratet, Sanne hielt diese Dinge daher nicht für so wichtig.

Lisbeth lag in ihrem Bett. Wegen der Verletzung konnte sie immer nur kurz in den Rollstuhl, die meiste Zeit lag sie da und starrte anscheinend Löcher in die Luft. Ihre Hände spielten mit dem Bettbezug, immer wieder legte sie die Bettzipfel zu anderen Falten zusammen. Manchmal trommelte sie ruhelos mit ihren Fingern auf den Bettkanten herum, bis ihre Bettnachbarin ganz nervös wurde und die Schwester rief. Ändern konnte diese aber nichts daran. Lisbeth trommelte weiter. Bald würde sie Geburtstag haben, das wusste sie. Hatte Arthur davon gesprochen? Oder Horst? Auf den Tag konnte sie sich nicht besinnen, aber er musste bald kommen, dieser Tag.

Horst, ihr einziger Sohn. Ihr einziger Sohn, aber nicht Arthurs einziger Sohn. Erst Jahre nach ihrer Heirat mit Arthur hatte sie erfahren, dass er noch einen Sohn hatte, mit einer Frau, die ihre Vorgängerin gewesen war. Arthur hatte sie heiraten wollen, obwohl er zu der Zeit, als das Kind unterwegs war, bereits mit Lisbeth zusammen war und die Hochzeit geplant war. Doch die Frau hatte ihn nicht wollen, trotz Kind. So nahm er denn doch Lisbeth. Erfahren hatte sie diese Geschichte erst, als Unterhaltsforderungen nach einigen Jahren eintrafen, der Sohn Arthurs hatte Jura studiert, wollte nun sein Geld. Arthur vereinbarte eine Pauschalsumme, zahlte, und vergaß. Er hatte nie das Bedürfnis gehabt, seinen Sohn kennen zu lernen. Horst erfuhr erst von der Existenz seines Stiefbruders, als er bereits volljährig war. Allerdings konnte er nicht in Erfahrung bringen, wo sich dieser aufhielt, davon wollte Arthur nichts wissen. "Alte Lamellen", sagte er, "das ist vorbei und gegessen". Lisbeth konnte es nicht vergessen, genauso wenig, wie die anderen amourösen Abenteuer Arthurs. Sie wusste genau, mit wem er zusammen gewesen war.

Außer beim Gesangverein war Arthur auch Mitglied bei einer U-Boot Kameradschaft. Das ergab ein weiteres Bekanntenfeld. Aus diesem und anderen Kreisen wählte er seine Liebschaften aus, verbarg seine Treulosigkeit nur oberflächlich. Lisbeth musste befreundete Ehepaare mit ihm besuchen, deren Ehefrauen Arthur tief in die Augen blickten, deren ahnungslose Ehemänner Arthur beim Kartenspielen zuprosteten und gemeinsam mit ihm über Männerwitze lachten. Sie wäre viel lieber zu Hause geblieben. Doch das ließ Arthur nicht zu. Im übrigen hielt er sie für nichts ahnend, nichts wissend. Und Lisbeth sagte nichts.

Was hätte sie auch tun sollen? Wohin hätte sie gehen sollen? Alle Welt hielt Arthur für den perfekten Ehemann und Vater, treusorgend, gerecht, anständig oder was auch immer. Er hätte alles bestritten, sie wäre allein gewesen, den Sohn hätte er ihr vermutlich auch genommen. Also schwieg sie, schwieg und versuchte sich einzureden, dass alles vollkommen in Ordnung sei. Viel Zeit zum Überlegen hatte sie auch nicht, im Haushalt war ständig etwas zu tun, auf Horst musste geachtet werden, der die unglückselige Neigung hatte, sich in die falschen Mädchen zu verlieben, nein, Lisbeth hatte keine Zeit zum Nachdenken, sie wollte sie nicht haben. Es ging ihr gut. Eine schöne Wohnung, nette Kleidung, genug zu Essen und schließlich, anderen ging es entschieden schlechter.

Die Schwester kam herein, schob den Verbandwagen vor sich her. Lisbeth wurde auf den Bauch gerollt, der Verband musste gewechselt werden. Außerdem musste sie gewaschen und eingecremt werden, ihre Haut war rau und trocken. Die Wunde wollte nicht richtig verheilen, immer, wenn sich Schorf gebildet hatte, rieb sich dieser durch das Liegen wieder ab. Auf dem Bauch blieb sie jedoch nicht liegen, konnte sie nicht, wollte sie auch nicht.

Jemand hatte den Fernseher eingeschaltet. Das Gerät war in ein Regal gestellt worden, schräg gegenüber ihrem Bett. Sie schaute auf den Bildschirm. Bunte Fetzen bewegten sich darauf, wie Putzlumpen, dachte sie. Sie strengte sich an, etwas zu erkennen, umsonst. Ihre Brille hatte sie nicht mehr, wusste auch nicht, wo sie war. Auch der Ton, der bis zu ihren Ohren drang, war unentschlüsselbar. Sehen konnte sie also fast nichts, hören ohne ihr Hörgerät auch fast nichts. Das Hörgerät hatte eine Weile in dem Schränkchen neben ihrem Bett in der Schublade gelegen, jetzt war es verschwunden. Ebenso wie ihre Zähne, die aber sowieso nicht mehr passten.

Lisbeth hatte einen weiteren Schlaganfall gehabt. Einen Tag nach ihrem Geburtstag, den man mit einigen Gästen im Café des Altersheims gefeiert hatte, kam sie wieder ins Krankenhaus. Auch eine Gehirnblutung wurde festgestellt. Ihr Zustand hatte sich am Abend des Tages sehr verschlechtert. Wieder musste man mit dem Schlimmsten rechnen. Aber Lisbeth wehrte sich. Sie wollte noch nicht aufgeben. Nein, so leicht würde sie Arthur nicht davon kommen lassen. Er hatte noch viel nachzuholen, dachte sie in ihrem Dämmerschlaf, er schuldete ihr noch viel Aufmerksamkeit, er schuldete ihr noch viele Jahre ihres Lebens.

Nach acht Tagen war Lisbeth wieder zurück im Pflegeheim. Sie lächelte die Schwestern an, aß ihr Frühstück alleine. Auch das Mittagessen schmeckte ihr wieder, die Schwester hatte sie an den Tisch im Aufenthaltsraum geschoben, sie löffelte ihre Suppe, schlürfte und kleckerte nach Herzenslust. Als sie fertig war, brachte ein Pfleger sie zurück ins Bett. Erschöpft schloss sie die Augen. Das war für heute Anstrengung genug. Und bald musste Arthur kommen.

Als Arthur eintraf, lag Lisbeth unbeweglich unter ihrer Decke, die Augen fest geschlossen. Er zog sich einen Stuhl heran, nahm ihre Hand. Sie erwiderte den leichten Händedruck, machte jedoch die Augen nicht auf. Er konnte warten. Vom Nebenbett her war das Röcheln ihrer Nachbarin zu hören. Ob die es noch lange machte? Sie war nicht so stark wie sie, ganz sicher nicht. Sie hing schon seit Wochen am Tropf und wurde künstlich ernährt. Jeden Tag kamen die Angehörigen. Meistens unterhielten sie sich auch mit Arthur, der froh war, mit jemandem sprechen zu können. Lisbeth verstand schließlich nichts. Sie lächelte. "Lisbeth, bist du wach?" Fragte Arthur. Sie öffnete die Augen einen Spalt. Arthur sah schlecht aus, sie bemerkte es mit einer gewissen Befriedigung. Warum sollte es ihm auch besser gehen als ihr? Arthur vertiefte sich wieder ins Gespräch mit den Besuchern nebenan. Lisbeth hustete. Er reagierte nicht. Sie hustete nochmals. Er drehte sich zu ihr um. "Möchtest du etwas trinken, Lisbeth?" Er hielt ihr die Schnabeltasse vor den Mund. Sie nahm einen Schluck, spuckte dann wieder aus. Genervt griff Arthur zum Handtuch, trocknete ihr Nachthemd und die Bettdecke ab. "Lisbeth, du musst doch richtig schlucken", sagte er. Tränen traten ihm in die Augen. Lisbeth nahm das nicht ernst. Er hatte seit seinem Angina pectoris Anfall nahe am Wasser gebaut, wie ihre Großmutter immer gesagt hatte. Nein, sie glaubte nicht, dass er ihretwegen Tränen vergoss. Höchstens seinetwegen, Selbstmitleid hieß so etwas.

Lisbeth klappte ihre Augen wieder zu. Sie hörte weiter das Gemurmel der Stimmen um sie herum, wollte heute aber nichts davon verstehen. Zu anstrengend, außerdem nicht interessant. Jetzt hätte sie doch Durst, doch nein, dieser scheußliche Tee, sie wollte lieber auf das Abendessen warten. Durst, dabei fiel ihr eine scheußliche Szene ein, die sich vor – wie vielen? – Jahren abgespielt hatte. Sie und Arthur waren eingeladen gewesen, bei einem Ehepaar, das sie überhaupt nicht leiden konnte. Arthur schon, zumindest die Ehefrau. Sie wusste, was da lief. An diesem Abend trank Lisbeth viel zu viel. Sie konnte sich kaum mehr auf den Beinen halten. Arthur musste den Abend wegen ihr abbrechen. Er war wütend gewesen, hatte sie ins Auto gezwängt und war heim gefahren. Beim Aussteigen machte Lisbeth sich steif, er konnte sie nicht in die Wohnung heraufbringen, jedenfalls nicht alleine. Er weckte Horst, der an diesem Wochenende auf Urlaub von der Bundeswehr da war. Zu zweit schafften sie Lisbeth nach oben. Arthur hatte ihr ein paar Ohrfeigen versetzt, angeblich, um sie zu sich zu bringen, aber sie hatte gewusst, dass er eine Stinkwut auf sie hatte. Sie hatte es genossen, auch die Ohrfeigen, er hatte sich endlich einmal um sie kümmern müssen.

Die Tür des Zimmers ging auf, eine Schwester brachte das kärgliche Abendessen. Lisbeth war das egal. Sie rutschte in den Kissen auf die Seite, ihr Kopf berührte fast den Bettrahmen. Arthur nahm der Schwester das Tablett ab, stellte es vorsichtig auf die Ablage des Nachtschränkchens. "Lisbeth, du liegst ja ganz schief", sagte er und griff ihr unter die Arme, um sie aufzurichten. Lisbeth schrie: "Au, au, au". Erschrocken ließ er sie wieder los. Die Schwester musste noch einmal kommen und Lisbeth richtig für das Essen zurecht betten. Immer, wenn Arthur ihr ein Brothäppchen in den Mund schieben wollte, hustete sie. Dann wieder kaute sie minutenlang auf einem winzigen Nudelsternchen herum. Arthur stand die ganze Zeit in angestrengter Haltung vor dem Bett, im Sitzen konnte er sie nicht füttern, da das Bett ziemlich hoch gestellt war. Sie merkte, dass es ihm schwergefallen. Gut so!

Während der nächsten Wochen nahm alles seinen üblichen Verlauf. Lisbeth kam zwischendurch wieder ins Krankenhaus, war es der fünfte oder sechste Schlaganfall? Keiner war sich sicher. Lisbeth selbst zählte nicht mit. Warum auch? Es ging ihr gut, dachte sie, Arthur kam jeden Tag, fütterte sie, unterhielt sich, sprach manchmal zu ihr. Sie hörte, wie er im Flüsterton mit den Verwandten ihrer Bettnachbarin redete. "Dieses Elend sollte ein Ende haben", sagte der Sohn oder war es der Vater oder vielleicht der Ehemann? Sie wusste es nicht, hatte die Leute die meiste Zeit nur von hinten gesehen und das auch ziemlich unscharf. Arthur erwiderte, ebenfalls die Stimme senkend: "Diese Quälerei sollte ein Ende haben. Es ist für alle nur eine Belastung. Sie wird sowieso nicht wieder". Und er nickte in Lisbeths Richtung.

Diesmal hatte Lisbeth trotz des Flüsterns alles genau verstanden. Sie kicherte innerlich. Wenn es nach ihr ging, würde dieses Elend noch lange kein Ende haben. Sie war stark. Und sie hatte Arthur, der sich um sie kümmern musste.

Lisbeth schlief ein.

# Verdachtsmomente

Familie Wernecker war verschwunden. Von einem Tag zum anderen, ganz einfach so. Die ganze Familie, Heinz Wernecker, Versicherungskaufmann, seine Frau, eine Nurhausfrau, wie sie immer betonte, und die zwei Kinder, Charly der fünfjährige Sohn der in diesem Herbst eingeschult werden sollte, vorzeitig, weil er ein so aufgewecktes Kerlchen war, und Susanne, die siebzehnjährige Tochter. Verschwunden, alle. Weg. Sie waren nicht in Urlaub gefahren, dass wusste Frau Müller-Steinach von nebenan ganz genau. "Denn", sagte sie, "wenn die in Urlaub gefahren wären, würde das Auto nicht in der Tiefgarage stehen. Und wenn die mit dem Zug weggefahren wären, hätte mein Mann sie zum Bahnhof bringen müssen. Außerdem, Frau Wernecker hätte mir den Schlüssel dagelassen, zum Blumen gießen. Das tut sie immer, wenn keiner von denen daheim ist. Weil sie nämlich zu mir Vertrauen hat", fügte sie mit einem giftigen Seitenblick auf die andere Nachbarin, die zur Linken von Familie Wernecker wohnte, hinzu.

Es war allseits bekannt, dass diese Nachbarin, Fräulein Hindermit, mit den Werneckers nicht gut klar kam. Sie beschwerte sich dauernd bei Clara Wernecker und auch bei den übrigen Hausbewohnern über Charly. Charly verschmutzt das Treppenhaus, Charly hört zu laut Musik, Charly brüllt herum, Charly macht überhaupt zuviel Krach und seine Freunde ebenfalls. Fräulein Hindermit war etwas 60 Jahre alt, wegen eines Rückenleidens vorzeitig in Pension, hörte jedoch noch sehr gut und mitkriegen tat sie auch alles. Fast alles, denn wo die Werneckers hin verschwunden waren, wusste sie auch nicht. Das ärgerte sie. Sie war heute morgen viel später als üblich aufgestanden, weil sie am Abend zuvor eine Schlaftablette genommen hatte. Weil die Werneckers ihren Fernseher immer so laut einstellten. Sie wollte endlich einmal wieder ausschlafen. Daher war sie erst gegen zehn Uhr wach geworden.

Bei näherem Überlegen fiel ihr ein, dass sie wahrscheinlich trotz Schlaftablette nicht so lange hätte schlummern können, wenn alles im Hause seinen üblichen Gang gegangen wäre. Charly pflegte morgens um sieben normalerweise seiner Mutter beim Frühstück lauthals seine Pläne für den heutigen Kindergartentag mitzuteilen, Heinz Wernecker hörte immer Nachrichten (die Nachbarschaft konnte sich ein Radiogerät sparen, nach Fräulein Hindermits Meinung) und Clara Wernecker klapperte unüberhörbar mit ihren Küchengeräten. Auch aus der Wohnung zur rechten, von Müller-Steinbachs, war in aller Herrgottsfrühe mit Unruhe zu rechnen. Martin Müller-Steinbach, MM, wie er sich von seinen Freunden und Bekannten nennen ließ, bekam morgens starke Hustenanfälle, natürlich vom Rauchen. Es war schon ein Graus, mit was für Mitbewohnern sich die arme Annette Hindermit herumplagen musste.

Glücklicherweise war ihr Mann schon lange unter der Erde. Dafür hatte sie gesorgt. Blödsinn, natürlich hatte sie ihn nicht umgebracht. Sie hatte aber das Begräbnis zahlen müssen, von seiner mageren Pension war das nicht möglich gewesen. Und sie, Annette Hindermit, hatte noch einiges von den Eltern her auf der Kante gehabt. Einige Wochen nach dem Begräbnis, dass so schlicht wie eben möglich gewesen war, hatte sie ihr Haus verkauft und hier eine kleine Eigentumswohnung erworben. In diesem Haus jedoch ahnte niemand, beziehungsweise würde es auch niemanden interessieren, dass Fräulein Hindermit, wie sie sich jetzt wieder nannte, jemals verheiratet gewesen war. Im Gegenteil, man hielt sie für eine quengelige alte
Jungfer, die kaum jemals ein Kind gewesen sein konnte. Annette Hindermit hatte keinerlei Interesse daran, die Leute über ihr vorheriges Leben aufzuklären.

Jetzt erklärte sie mit erhobenem Zeigefinger: "Meine Herrschaften, es ist mir völlig egal, wo die Werneckers hin sind. Meiner Meinung nach sollten sie dort bleiben, wo auch immer das ist. Dann kehrt endlich Ruhe in diesem Haus ein". Sie drehte sich auf dem Absatz um und verschwand erhobenen Hauptes hinter ihrer Wohnungstür. Und dort blieb sie auch, das Ohr an die Tür gelegt. Entgehen lassen wollte sie sich schließlich nichts.

Die übrigen Nachbarn überlegten. Sollte es einen Unfall gegeben haben? Vielleicht war Gas ausgeströmt, irgendeine undichte Leitung? "Blödsinn", sagte MM und hustete nachdrücklich, "dann würde man das im ganzen Haus merken. Dann wären wir alle schon da oben" und er wies mit dem Zeigefinger dahin, wo er den Himmel über sich vermutete. "Irgend etwas stimmt jedenfalls nicht", ließ sich Frau Müller-Steinbach nicht beirren, "irgend etwas ist da faul". Und sie nickte bekräftigend. "Vielleicht sollten wir die Polizei..". ? Meinte zaghaft der junge Student, der bei Müller-Steinbachs ein kleines Zimmerchen gemietet hatte. "Auf keinen Fall die Polizei, außerdem nehmen die das sowieso nicht ernst. Die suchen doch erst, wenn jemand länger als 24 Stunden verschwunden ist", bemerkte MM überlegen und zündete sich eine neue Zigarette an. Seine Frau musterte ihn missbilligend. "Kannst du nicht wenigstens in so einer Situation deine Zigaretten in der Tasche lassen?" MM würdigte sie keiner Erwiderung. Er klingelte an Werneckers Tür. Das hatte seine Frau vor einer Stunde bereits mehrfach getan, ebenfalls die alte Hindermit, ohne Erfolg. "Glaubst du etwa, die sind inzwischen heimlich durch das Fenster in ihre Wohnung zurück, vierter Stock, ohne Balkon und Feuerleiter?" Grinste Martha Müller-Steinbach hämisch. Ihr Mann sagte wieder nichts, drückte aber nochmals auf den Klingelknopf. Nichts rührte sich.

MM drehte sich um. "Lass uns erst mal in Ruhe eine Tasse Kaffee trinken", da können wir in Ruhe überlegen, was zu tun ist. Vielleicht kann inzwischen jemand versuchen, den Hausmeister aufzutreiben, der muss doch einen Reserveschlüssel haben". – "Richtig, warum sind wir nicht gleich darauf gekommen?" Sagte Martha und ergriff den Arm ihres "Bettelstudenten", wie sie ihn, ihrer Meinung nach scherzhaft, zu nennen pflegte. "Klaus, du kümmerst dich bitte darum, ja?" – Klaus, noch immer in Schlafanzug und barfuss, brummelte: "Ich zieh' mich nur kurz an". Er zog von dannen, immer noch vor sich hinbrummelnd: "Schwachsinn, was geh'n uns diese Leute an, man muss sich doch nicht um alle........".. Doch blieb ihm nichts anderes übrig, als zu gehorchen. So ein billiges Zimmer fand er so schnell nicht wieder.

Müller-Steinbachs gingen in ihre Wohnung zurück. In der Küche setzte Martha sofort die Kaffeemaschine in Betrieb. War ihr ganzer Stolz, dieses Gerät, sie hatte sie zu ihrem 55. Geburtstag bekommen. Von ihrem Mann, da sollte mal einer sagen, der sei geizig. Ein Pfund Edelbohnen hatte er auch gleich dazu besorgt. Ja, ihr Markus war schon ein guter Ehemann. Die paar Macken, die er hatte, hatten die anderen gleich zweimal. Martha lächelte zufrieden vor sich hin. Plötzlich verdüsterte sich ihre Miene. Vor einigen Tagen hatte sie bemerkt, dass ihr Martin die Clara Wernecker so eindringlich angesehen hatte. Danach war sie aufmerksamer geworden. Tatsächlich, immer wenn die Wernecker auftauchte, strich Martin sich über die kärglichen, verbliebenen Haare und zog seinen Bauch ein. Ob er wohl. ? Aber nein, das konnte sie sich nun doch nicht vorstellen. Außerdem war Clara eine treusorgende Ehefrau und Mutter, zwar gutaussehend, aber gediegen gekleidet. Obwohl, ihre Röcke, die waren manchmal schon bedenklich kurz. Wollte sie es doch darauf anlegen? Wenn man es recht bedachte, so unübel sah Martin trotz seiner 57 Jahre nun auch wieder nicht aus. Aber sie Martha, hatte sich ebenfalls gut gehalten. Erst kürzlich hatte ihr Friseur zu ihr gesagt: "Frau Müller-Steinbach, mit dieser neuen Frisur könnten sie glatt für 40 durchgehen". Er hatte das ganz ernst gesagt, und warum hätte er sie auch anlügen sollen? Soviel Trinkgeld gab sie ihm nicht, dass sich das gelohnt hätte.

Inzwischen war der Kaffee durchgelaufen. Martin musste das gewittert haben, er hatte sich inzwischen angezogen, das heißt, er hatte seinen Jogging-Anzug, den er samstags im Hause und nicht etwas zum Joggen trug, gegen modische Jeans und ein gestreiftes Hemd eingetauscht. Martha sah ihn an. Für wen hatte er sich so herausgeputzt? Für Clara Wernecker? War sie ihrem Mann durchgebrannt und er und die Kinder suchten sie verzweifelt? Waren sie deswegen nicht da?

Martin unterbrach ihren Gedankengang. "Hör' mal, Martha", wir sind alle ganz schön bescheuert. Heute ist Samstag, da muss der Heinz gar nicht in die Arbeit und das Mädchen auch nicht in die Schule. Und der Charly nicht in den Kindergarten". Martha war perplex. Heute war Samstag, das sie nicht selbst darauf gekommen war. Aber sie war in guter Gesellschaft, ihrem Mann war es eben erst eingefallen, ihrem Bettelstudenten war es ebenfalls nicht in den Sinn gekommen und dem Fräulein Hindermit auch nicht. Martha wehrte ab: "Du hast zwar recht, es ist heute Samstag, doch bei die Werneckers stehen auch am Wochenende früh auf. Die fahren doch immer gemeinsam einkaufen und der Kleine ist sowieso morgens nicht im Bett zu halten. Nee nee, da is' was oberfaul".

Martha goss beide Kaffeetassen voll. Es waren so richtig bauchige, große Tassen, da ging wenigstens etwas rein, wie Martin immer sagte. Er hatte sie ihr zu Weihnachten geschenkt. Martha trank ja selten Kaffee, nur manchmal, Martin zuliebe. Meistens hielt sie sich an Kamillentee. Ist richtig gesund, ihre Mutter hatte sie damit großgezogen.

Martin reagierte wieder einmal nicht. Er saß einfach da und schlürfte seinen Kaffee mit viel Milch in sich hinein. Auch er hing seinen Gedanken nach. War Heinz Wernecker aufgefallen, dass er, MM, die Clara immer so genau angeschaut hatte in der letzten

Zeit? Vielleicht hatte der Heinz die Clara aus Eifersucht umgebracht und war mit den Kindern geflüchtet. Vielleicht saß er jetzt mit den beiden in einem Flugzeug nach wer weiß wo und die arme Clara (sie hatte ja echt eine tolle Figur) lag in einem einsamen Waldsee, oder, noch schlimmer, verscharrt in einer Müllkippe. Er seufzte. "Warum seufzt du?" Fragte Martha und sah ihn streng an. Manchmal kann sie einem aber auch auf den Geist gehen, dachte er. "Ich seufze", gab er ihr Bescheid, "weil ich mir Gedanken mache. Du machst dir ja auch Gedanken". Darauf konnte Martha eigentlich nichts entgegnen. Doch sie musste das letzte Wort behalten: "Dann machen wir uns eben beide Gedanken". Einträchtig schlürften sie den Edelkaffee.

Nachdem Annette Hindermit hinter ihrer Tür nichts mehr erlauschen konnte, zog sie sich in ihr gepflegtes Wohnzimmer zurück. Sie rückte das Zierdeckchen auf der Lehne ihres Sessels zurecht und ließ sich dann vorsichtig darauf nieder. Auf der Tischplatte des kleinen Eichentischchens entdeckte sie ein Stäubchen. Seufzend stand sie wieder auf und holte ein Tuch. Furchtbar, dieser Schmutz, dachte sie und putze die Platte sorgfältig ab. Sie brachte das Tuch zurück in die Kammer und holte sich dann ein Glas Wasser aus der Küche. Aus dem Sideboard nahm sie einen Untersetzer, legte diesen vorsichtig auf die soeben gereinigte Tischplatte und stellte das Glas darauf. Dann setzte sie sich wieder. Auch ihre Gedanken beschäftigten sich, trotz einigen Widerwillens, mit dem Verschwinden von Werneckers. Es war aber auch zu merkwürdig. Eigentlich sollte sie froh sein, wenn keiner von denen je wieder auftauchte. Aber dann würden andere in die Wohnung einziehen, und wer wusste schon, was dann auf einen zukam. Sie dachte nach. Ihr fiel ein, dass ja heute Samstag war. Komisch, bei der ganzen Aufregung war das niemandem aufgefallen. Sollte sie die anderen darauf aufmerksam machen? Aber auch ihr fiel ein, dass selbst das Wochenende den Werneckers nie heilig gewesen war. Pöbel blieb eben Pöbel.

Annette dachte nur noch selten an ihren verstorbenen Mann. Wozu auch? Er hatte ihr nicht viel Freude bereitet. Ständig sorgte er für Schmutz in der Wohnung und obwohl er nur auf dem Balkon seine dicken Zigarren rauchen durfte, hatte sie doch das Gefühl gehabt, dass ihre Gardinen ständig danach rochen. Im Bad ließ er seinen Rasierschaum und die Bartstoppeln im Waschbecken, in der Badewanne blieb nach seinem Bad ein Rand, den sie wieder entfernen musste. Beim Essen hatte er sich geweigert, ein Handtuch zum Schutz vor Flecken über seine Knie auszubreiten und den Untersatz für sein Bierglas hatte er achtlos weggeschoben. Und das waren noch die kleineren Übel gewesen, sie durfte gar nicht daran denken, was er im Bett..... Nein, Annette Hindermit vermisste ihren Mann in keinster Weise.

Ob dem kleinen Ungeheuer, sprich Charly, etwas zugestoßen war? Möglicherweise hatte er sich beim Toben in der Wohnung verletzt und hatte ins Krankenhaus gebracht werden müssen. Dann wäre die Familie sicher mit dem Taxi hinterher gefahren. Sie verwarf die Idee wieder. Den Krankenwagen hätte sie bestimmt gehört. Oder doch nicht? Aber die anderen hatten nichts derartiges erwähnt. Es könnte natürlich auch sein, dass die Verletzung nicht so schlimm gewesen, so etwas wie die Hand am Herd verbrannt oder einen Finger in eine Steckdose gesteckt, eben so etwas, was kleine Tunichtgute wie Charly gerne ausprobierten. Aber dann wären die Werneckers mit dem Auto zum Arzt oder ins Krankenhaus gefahren. Annette nahm noch einen Schluck Wasser. Sollten sich doch die anderen um die Sache kümmern.

Klaus Bettelstudent hatte in der Zwischenzeit das ganze Haus, alle vier Stockwerke, nach dem Hausmeister abgesucht. Der war natürlich nirgends zu finden gewesen. Über eine Stunde hatte er damit vergeudet, zu blöd, ausgerechnet heute, wo er sich mit der süßen kleinen Susanne hatte treffen wollen. Es war ja Wochenende, da musste sie nicht arbeiten. Heute war Samstag! "Haben die alle ein Brett vor dem Kopf?" Doch selbst Klaus als Intelligenzbolzen musste sich eingestehen, dass bei Werneckers die Woche ebenmäßig verlief. Dank Charly waren sie immer um die gleiche Zeit zu hören. War seiner Susanne etwas passiert? Bei dem Gedanken wurde ihm eiskalt. Hatten Susannes Vater und Mutter mitgekriegt, dass sie beide sich heimlich trafen? Klaus wusste, dass Heinz Wernecker etwas gegen ihn hatte. Er hielt ihn nicht für einen Bettelstudent, sondern für einen Bummelstudent. Das hatte er ihm persönlich einmal unter die Nase gerieben. Bloß weil der Herr Versicherungsmann sich nicht vorstellen konnte, dass es auch Leute gibt, die geistig arbeiten!

Hatten Susannes Eltern sie weg gebracht? In ein strenges Internat womöglich? Klaus trat der kalte Schweiß auf die Stirn. Wenn sie nun entdeckt hatten, dass er und Susanne. ? Nein, unmöglich, sie hatten doch aufgepasst. Oder doch nicht unmöglich?

Klaus kehrte ebenfalls in die Müller-Steinbachsche Wohnung zurück und meldete: "Hausmeister nicht gefunden". Dann trollte er sich auf sein Zimmer.

"Es ist jetzt Mittag", sagte Martha, "meinst du nicht, wir sollten endlich etwas unternehmen?" – "Wir warten noch bis heute Abend", bestimmte Martin. "Dann rufen wir doch die Polizei an". Er stand auf, gähnte und reckte sich. "Was gibt's heute zu Essen, Martha?" "Wie kannst du nur in dieser Situation ans Essen denken", erhielt er zur Antwort. Er wollte schon ärgerlich antworten, dass der Mensch in jeder Situation Leib und Seele zusammen halten muss, da hörten sie beide ein Geräusch vom Hausgang her. In der Nebenwohnung wurde der Schlüssel ins Schloss gesteckt.

Beide rasten zur Tür. Klaus schloss sich ihnen an. In der geöffneten Wohnungstür erstarrte die kleine Gruppe. Da stand Familie Wernecker, die ganze Familie, am Eingang der eigenen Wohnungstür. Sie grüßten freundlich, lachten und erzählten alle durcheinander, was für einen schönen Vormittag sie im Zoo verbracht hätten. Und sie waren mit der S-Bahn gefahren, eine Idee von Charly, der das schon immer gern hätte machen wollen. Er habe ja so recht gehabt, ihr kleiner Charly.

Aus der linken Tür tauchte das erblasste Gesicht von Annette Hindermit auf, verschwand aber sofort wieder.

# Überraschung

Fritzchen hatte schon den ganzen Tag gequengelt. Mami sollte vorlesen, Mami sollte mit ihm spielen, Mami sollte mit ihm zum Schwimmen gehen, es nahm einfach kein Ende. Mami war mit den Nerven fertig, es reichte hier. Hoffentlich erschien Papi bald, dann konnte sie endlich einmal in Ruhe aufs Klo gehen. Selbst dorthin verfolgte Fritzchen sie tagsüber. Keine Sekunde hatte sie für sich. An Mittagsschlaf war bei Fritzchen auch nicht zu denken, er sträubte sich aus Leibeskräften dagegen. Auch abends wollte er nie ins Bett, weigerte sich sogar, sein Zimmer zu betreten. Wenn Mami nur daran dachte, wie andere Mütter während des Mittags-schlafes ihrer Kinder allerlei erledigen konnten, manche gingen so-gar beruhigt für zwei Stunden zum Einkaufen. Das hätte Fritz-chens Mami sich sowieso nicht getraut, aber mal ein bisschen Pau-se, das wäre schon was.

"Fritzchen", sagte sie, warte noch ein ganz kleines bisschen, dann kommt der Papi, der wird dann mit dir spielen". Große Hoffnung hatte sie allerdings nicht darauf, der Papi spielte mal gerade fünf Minuten mit seinem hoffnungsvollen Sprössling, dann ließ er sich vor dem Fernseher nieder und las außerdem noch die Zeitung da-bei. Dann und wann fragte er, wann es denn endlich Abendessen gebe und was sie so den ganzen Tag Schönes gemacht habe. Dar-auf antwortete Mami schon gar nicht mehr. Sie wusste, dass es sich um rein rhetorische Fragen handelte.

Endlich ging die Wohnungstür auf. Fritzchen stürmte los. "Papi, Papi", hast du mir was mitgebracht?" Fritzchen konnte sich mit seinen fast drei Jahren schon unglaublich gut verständigen, beson-ders, wenn es darum ging, etwas zu bekommen. Papi hängte er-schöpft seinen Mantel auf und nahm dann sein Fritzchen auf den Arm. "Na klar hat Papi dir was mitgebracht", grinste er. Aus seiner

Aktentasche holte er ein in glänzendes Papier gewickeltes Ei heraus. "Schau, das habe ich für mein braves Fritzchen mitgebracht". Fritzchen jubelte. "Ganz toll, Papi, danke, danke, danke". Papi wankte inzwischen in Richtung Fernsehsessel, nicht ohne vorher der Mami einen flüchtigen Begrüßungskuss auf die Wange gehaucht zu haben. "War anstrengend heute", ließ er sich vernehmen und sank in seinen geliebten Sessel.

Mami blickte ihn strafend an: "Fritzchen sollte vor dem Abendessen keine Süßigkeiten bekommen, das haben wir doch ausgemacht. Er verdirbt sich sonst den Appetit". Papi winkte ab: "Lass mal, das bisschen Schokolade macht doch nichts. Außerdem ist da noch ein Spielzeug drin, damit kann er sich eine Weile beschäftigen". Fritzchen hatte inzwischen das Papier abgespult und kaute bereits selig auf der Schokolade herum. Das meiste davon landete sowieso im Gesicht und auf seinem Pullover. Nun untersuchte er bereits mit seinen verschmierten Fingerchen den Inhalt der Plastikkapsel. Wunderbare winzige Teile waren darin, schön bunt, mit kleinen Rädchen und extra Aufklebern. Fritzchen probierte herum, wurde aber nicht fertig mit der Bastelei.

Er trippelte zu seinem Papi. "Du musst mir helfen, Fritzchen kann das nich'„. Papi legte resigniert die Zeitung beiseite und stellte den Fernseher leiser. "Na, gib mal her, ich bau' dir das zusammen. Eine knappe Stunde später war es soweit: ein Miniaturraumschiff stand fix und fertig auf dem Couchtisch, von Fritzchen lauthals bewundert. "Papi, ich will damit wegfliegen", bettelte Fritzchen. "Zuerst werden wir essen", rief Mami, "dann sehen wir weiter".

Fritzchen zappelte beim Essen auf seinem Stuhl herum, er stocherte nur im Salat und ließ sogar die meisten Pommes liegen, obwohl er die sonst so gerne mochte. Aber das Raumschiff lockte ihn. "Lass ihn vom Tisch aufstehen", sagte Papi. Mami nickte und Fritzchen sauste ins Wohnzimmer. Da stand sein Raumschiff!

Fritzchen untersuchte es jetzt ganz genau. Da war eine winzige Einstiegsluke, es gab kleine Fensterchen, durch die man ins Innere schauen konnte. Sogar ein Sitz für den Piloten war zu sehen und ein Armaturenbrett, das silbern glänzte. Fritzchen versuchte, die kleine Luke mit seinem Zeigefinger aufzubekommen. Schließlich hatte er es geschafft. Er hockte gebannt vor dem Couchtisch und starrte in das Raumschiff hinein. Er wollte damit zu seiner Oma fliegen, die erzählte immer so schöne Geschichten. Fritzchen sah und hörte nicht mehr, was um ihn herum geschah. Er war völlig in Gedanken vertieft, flog in den sternenübersäten Himmel und kommandierte sein Raumschiff. Schneller und schneller raste er dahin, die Sterne wurden zu glitzernden Streifen, Kometen tauchten auf und schließlich wusste er nicht mehr, wo er genau war.

Mami und Papi hatten es sich inzwischen in der Küche gemütlich gemacht. Papi war ausnahmsweise in redseliger Stimmung, was auch auf die drei Flaschen Bier zurückzuführen war, die er inzwischen geleert hatte. Er erzählte, wie er heute seinem Boss die Meinung gesagt hatte. "Dieser Trottel glaubt wohl, er könne alles mit mir machen", erklärte er Mami mit erhobenem Zeigefinger, "aber ich habe gesagt, "mit mir nicht, nicht mit mir!" Mami lauschte verklärt, was war er doch für ein tüchtiger Mann. Es gelang ihr sogar, ihm zu erzählen, dass sie heute an der Kasse des Supermarktes beinahe beschummelt worden wäre, sie hatte einen Moment nicht acht gegeben, weil sie auf Fritzchen aufpassen musste. Da hatte die Kassiererin dann die Kartoffeln zweimal eingetippt. "Ich habe ihr den Kassenzettel gezeigt", sagte Mami entrüstet, "sie hat sich nicht einmal richtig entschuldigt". Papi schüttelte den Kopf: "das ist doch typisch, aber wehe, du hast mal zu wenig Geld dabei. Dann machen sie dich gleich zum Betrüger". Sie redeten und redeten,

Fritzchen war schön ruhig, das musste man ausnutzen. Die Zeit verging wie im Fluge. Plötzlich sagte Mami: "Oh mein Gott, Fritzchen, der gehört doch schon lange ins Bett". Sie sprang abrupt auf und lief ins Wohnzimmer. Vielleicht war der kleine Quälgeist schon auf dem Teppich eingeschlafen?

Mami und Papi suchten die ganze Nacht. Sie klingelten die Nachbarn heraus, ließen selbst im Keller keine Kiste auf der anderen, vergeblich. Fritzchen war wie vom Erdboden verschluckt. Schließlich riefen sie die Polizei, die innerhalb weniger Minuten eintraf. Der eine Polizist schrieb alles auf, was Fritzchen angehabt hatte, wo sie ihn zuletzt gesehen hatten und was er da gemacht habe. "Gespielt", sagte Papi. Der Polizist wich vor Papis Bierfahne zurück. "Haben sie denn den ganzen Abend nicht nach dem Kind gesehen?" Fragte er vorwurfsvoll". Mami wollte erklären, dass sie sich seit langer Zeit einmal ohne Störung unterhalten hätten, aber der Beamte ließ sie gar nicht zu Wort kommen. "Sie gehen am besten jetzt ins Bett, Sie können doch nichts mehr tun. Wir rufen Sie an, sobald wir ihn gefunden haben". Er fügte tröstend hinzu: "Ich kann mir vorstellen, dass der kleine Bursche nicht weit gekommen ist. Erschwerend ist allerdings, dass wir nicht wissen, wie viel Zeit inzwischen vergangen ist". Diese Bemerkung hatte er sich nicht verkneifen können. Verantwortungslos, manche Eltern, dachte er.

Mami konnte nicht einschlafen. Jetzt wäre es ihr recht gewesen, wenn Fritzchen eine Geschichte erzählt haben wollte, ein Bild gemalt oder...... Sie weinte leise vor sich hin. Papi schlief inzwischen fest. Sie konnte es nicht. Nach einer Weile stand sie leise wieder auf, wusch sich im Bad das Gesicht mit kaltem Wasser. Sie würde aufbleiben, bis ein Anruf kam. Unruhig wanderte sie in der Wohnung hin und her. Warum hatte sie auch nicht besser aufgepasst? Sie malte sich aus, was Fritzchen alles passiert sein konnte. War er auf die Straße gelaufen und überfahren worden? Hatte ein Entführer ihn geraubt? Aber dann wäre vielleicht schon eine Lösegeldforderung gekommen. Oder doch nicht so schnell? Wann riefen die denn immer an? Sie hatte zwar schon oft von solchen Dingen in den Nachrichten gehört, aber jetzt wusste sie nicht mehr, wie so etwas ablief. Sollte ihn gar ein Kinderschänder...?

Mami schaute auf die Uhr. Es dämmerte bereits. In kurzer Zeit würde die Sonne aufgehen. Würde Fritzchen die Sonne jemals wieder sehen in seinem Leben? Wo schlief ihr Junge jetzt? Seinen Kuschelbär hatte er auch nicht dabei, ohne den hatte er noch nie einschlafen können. Ihre Gedanken verwirrten sich. Sie ging ins Kinderzimmer, wollte sehen, ob der kleine, braune Bär im Bettchen lag.

Der Kuschelbär lag im Bettchen. Und noch jemand lag da. Fritzchen lag angezogen auf seiner bunten Bettdecke, sein Raumschiff fest in der Faust, er schlief tief und friedlich.

# Die Kopie

M eine Kopie ist nach Hause gekommen. Sie wirkt erschöpft. Die Jacke fällt wieder vom Haken der Garderobe, sie lässt sie liegen und plumpst auf einen Stuhl in der Küche. Die Handtasche hängt sie über die Stuhllehne. Sie sitzt jetzt einfach da und schaut vor sich hin, seufzt.

Nach einigen Minuten steht sie langsam wieder auf, holt die Zigaretten aus der Handtasche, legt sie auf den Tisch und beginnt, die Kaffeemaschine mit Wasser zu füllen. Sie holt die Kaffeedose aus dem Schrank, eine Filtertüte, einige Schokoflocken, um den Geschmack des Kaffees zu verbessern. Als alles in der Kaffeemaschine ist, drückt sie auf den roten Startknopf. "Aha, Doping läuft", denke ich.

Meine Kopie tut mir leid. Das ist doch kein Leben. Morgens in aller Herrgottsfrühe aus dem Haus, womöglich noch das Gemecker der Kinder und des Ehemannes, die ebenfalls ins Bad wollen, im Stehen die Zeitung durchgeblättert und nebenbei einige Schluck Kaffee, mit dem Hund Gassi, die Treppen runter und wieder rauf, Futter in Hund- und Katzennapf, Tasche geschnappt und wieder die Treppen runter. Meistens schaute ich ihr aus dem Wohnzimmerfenster nach. Im Winter muss sie erst mühsam das Eis von den Autoschreiben kratzen, man sieht, dass ihr dabei die Arme weh tun. Dann startet sie durch. Bis Mittag bin ich nun mir selbst überlassen.

Ich drehe mich wieder um und gehe zurück in das gemütliche warme Bett, kuschele mich ein und bin bald wieder im Land der Träume. Ich träume, dass ich mit meiner Kopie den Platz wechseln soll. Anweisung von oben! Ich weigere mich, zetere, drohe, tobe. Alles umsonst. In einer Woche soll es soweit sein. Ich werde dann sie sein und sie die Kopie. Der Gedanke macht mich krank. Ich will keine Kopie sein!

In den nächsten Tagen beobachte ich sie genauer als jemals zuvor. Ich muss schließlich wissen, wie sich eine Kopie verhält. Mittags, nach dem Kaffee, geht sie wieder mit dem Hund hinaus, ich sehe vom Fenster aus, wie sie vergeblich versucht, ein Stöckchen für den Hund so weit zu schleudern, dass sie nicht gleich wieder werfen muss. Das gelingt ihr jedoch nie. Sie hat nicht genug Kraft in den Armen, die Ärmste. Bei dem Gedanken erschrecke ich. Weiß ich denn überhaupt, ob ich diese Kraft haben werde? Und der Hund? Ist er auch eine Kopie? Die Katze womöglich auch? Ich würde es mit lauter Kopien zu tun haben, dass musste man sich bloß einmal vorstellen, schrecklich. Sie kommt wieder zurück vom Gassi Gehen. Setzt sich an den Computer, schreibt irgend etwas auf. Ich will das nicht lesen. Blödsinn, ich kann nämlich gar nicht lesen. Habe ich doch nicht nötig, ich bin echt, echt, echt!

Nach einiger Zeit macht sie sich etwas zu essen. Werde ich das auch tun müssen? Ich weiß überhaupt nicht, wie sich das anfühlt, wenn man irgendwelche Lebensmittel in den Mund steckt, kaut, verdaut, wieder von sich gibt, auf die eine oder andere Weise. Manchmal nämlich wird meiner Kopie vom Essen schlecht, sie ist immer so hektisch. Aber sie gibt nicht auf. Nachmittags verlässt sie meistens die Wohnung, geht wieder irgendwo hin, um weiter zu arbeiten. Schon wieder so ein Wort "arbeiten". Wie soll ich das auf die Reihe kriegen, lauter Begriffe, mit denen ich nichts anfangen kann. Ich weiß ja überhaupt nicht, was sie da treibt, wenn sie nicht in der Wohnung ist. Ich kann ihr nicht folgen. Nur in der Wohnung habe ich meine Kopie unter Kontrolle. Und jetzt soll ich also mit ihr tauschen. Nein, nein und nochmals nein! Doch ich weiß ganz genau, dass mein Sträuben vergeblich sein wird.

Eine Hoffnung habe ich noch: wie soll meine Kopie wissen, wie man sich "echt" verhält? Wird sie alles vergessen, was sie immer getan hat? Werde ich alles können, was ich nie gekonnt habe? Tausend Fragen jagen mir durch den Kopf. Sie, ja sie hat es gut. Sie wird von keinen Fragen oder Zweifeln gequält. Sie funktioniert, ich sehe das schließlich jeden Tag. Sie tut, was ihrer Meinung nach getan werden muss, ohne zu Murren, ohne zu hinterfragen. Ihr geht es gut, echt gut. Habe ich gerade "echt gut" gedacht? Also, mit dem Wort "echt" hat meine Kopie nichts zu tun. Egal, der Termin für den Tausch rückt mit jedem Tag näher. Ich suche nach einem Ausweg, vergeblich. Die Stunde wird kommen. Wann genau, das hat man mir nicht gesagt, auch die näheren Umstände nicht.

Meine Kopie ist heute Abend früh schlafen gegangen. Sie hat einen anstrengenden Tag hinter sich. Ich habe mich etwas gelangweilt, konnte sie nur wenig unter Kontrolle halten, sie war ständig unterwegs, wo, weiß ich nicht. Ich schwebte die meiste Zeit des Tages in anderen Regionen, sah mir die Kopien der Tiere an, die Katze schläft sehr oft, mal auf dem Sofa, mal auf einem Sessel, mal ganz einfach auf dem Fußboden. Ich habe versucht, mich auf einen Stuhl zu setzen, auf die gleiche Art, wie es meine Kopie zu tun pflegt. Es gelang mir nicht. Mir fehlt die körperliche Fülle. Meine Kopie klagt häufig, dass sie zuviel davon hat. Ich bin gespannt, ob ich, wenn ich denn wirklich tauschen muss, die gleiche Fülle aufbringen werde. Ich habe sogar versucht, die Kaffeemaschine in Gang zu bringen. Auch das gelang mir nicht. Der Knopf reagierte nicht auf meinen Blick. Meine arme Kopie musste immer so viel Kraft aufwenden, Kraft, die sie für nützlichere Dinge hätte einsetzen können. Aber wissen Kopien überhaupt, was nützlich oder gut für sie ist? Ich habe da meine Zweifel.

In der Nacht ist meine Kopie aufgewacht. Sie steht plötzlich neben mir im Wohnzimmer, sieht mich aber nicht. Dazu sind Kopien nicht fähig, sie können nichts erkennen, was "echt" ist. Sie schwankt ein wenig, stützt sich mit der Hand am Sessel ab. Ich bleibe neben ihr. Sie wird doch nicht umfallen? Ich trete noch näher heran. Was tut sie da? Sie tritt einen Schritt zurück, in mich hinein. Ich schreie: "geh weg, du bist nur die Kopie!" Sie reagiert nicht, ihr Körper wird steif. Dann streckt sie sich, hebt die Arme über den Kopf, gähnt. Mit langsamen Bewegungen geht sie zurück ins Schlafzimmer.

Ich gehe in die Küche. Ich brauche etwas für meinen Magen, er fühlt sich verstimmt an. Außerdem muss ich morgen früh aufstehen, die Arbeit wartet auf mich, es wird ein langer Tag werden.

# Spielgefährten

Der kleine Junge lief die Straße entlang, als sei der Teufel persönlich hinter ihm her. Und das war auch genau das, was er glaubte. Er rannte, seine Wangen brannten und die Beine flogen nur so dahin. Gleich würde er bei seiner Mama sein. Ihr wollte er alles erzählen. Keine zehn Meter vor seiner Haustür streckte sich plötzlich ein Bein aus der Hecke, die den Fußweg säumte. Mit einem schrillen Aufschrei stolperte der Kleine und fiel der Länge nach hin. Er lag auf dem Gesicht, alle vier Gliedmaßen von sich gestreckt. Und auf ihm hockte der Teufel und flüsterte: "Wenn du auch nur einer Menschenseele erzählst, was du gesehen hast, dann mach ich dich alle!" Zur Bekräftigung dieser groben Worte erhielt er noch einen Fausthieb in die Seite. "'Sag schon, dass du mich verstanden hast!" – "Ja", stammelte der Junge und schluchzte leise vor sich hin. Der Teufel verabschiedete sich mit einem Fußtritt in den kleinen, runden Hintern und verschwand so überraschend wieder, wie er erschienen war. Das Kind setzte sich auf und starrte einen Augenblick lang wie betäubt vor sich hin. Dann war es wieder auf den Beinen und setzte seinen Weg fort, diesmal nur langsam einen Fuß vor den anderen setzend. Die Angst zeichnete sich auf seinem netten Gesichtchen, die blauen Augen zwinkerten die Tränen zurück. Er durfte seiner Mama nichts erzählen, sonst würde der Teufel ihn umbringen, genauso, wie auch die anderen.

Seit einigen Wochen ging die Angst in der Kleinstadt um. Kinder verschwanden und tauchten nicht wieder auf, waren wie vom Erdboden verschluckt. Die Mütter ermahnten ihre Kleinen, sich nie alleine an irgendwelchen einsamen Orten aufzuhalten, immer zu sagen, wohin sie gingen und nach der Schule den direkten Weg nach Hause anzutreten. Viele der Mütter, die über ein eigenes Auto verfügten, brachten ihre Kinder morgens zur Schule und holten sie auch mittags wieder ab. Doch trotz aller Vorsichtsmaßnahmen geschah es wieder, dieses Mal war es ein kleines Mädchen, das in einem unbeobachteten Augenblick vom Spielplatz verschwand. Die Mütter, die zur Bewachung der spielenden Kinder eingeteilt waren, hatten sich angeregt unterhalten und vorübergehend das Geschehen auf dem Platz aus ihrem Blickfeld verloren. Zuerst glaubten sie noch, das Kind habe sich irgendwo im dichten Gebüsch, das den Spielplatz umgab, versteckt und wolle sie necken. Aber alles Rufen und Bitten, Suchen und Flehen blieb vergeblich. Die fünfjährige Amina war und blieb verschwunden. Eine der Mütter machte sich auf den schweren Gang, den Eltern von Amina die schlimme Nachricht zu überbringen. Zuvor hatte man bereits die Polizei informiert, die unverzüglich eine große Suchaktion startete.

Noch immer lagen den Polizeibeamten keinerlei Hinweise vor, wer mit dem Verschwinden der Kinder zu tun haben könnte. Nur eine Tatsache war bekannt: die Kinder, die sich plötzlich in Luft aufgelöst hatten, waren alle im Alter zwischen fünf und zehn Jahren. Das war der einzige gemeinsame Faktor, ansonsten waren sie dick oder dünn gewesen, blond, schwarz, braun- und rothaarig. Es waren Kinder aus allen Schichten, sowohl von armen als auch von begüterten Eltern. Lösegeldforderungen waren nie eingetroffen. Man stand vor einem Rätsel, war fast ohnmächtig vor Wut und Grauen, hilflos, verängstigt und erschüttert. Wo waren die Kinder?

Lena saß vergnügt mit ihren Eltern und Geschwistern am Küchentisch. Ihre Mutter hatte wieder Eintopf gekocht, wie fast jeden Tag. Das war billig, gesund und nahrhaft. Sie hatten nicht viel Geld zur Verfügung, seit der Vater im Gefängnis saß. Lenas Mutter arbeitete als Zugehfrau für diverse reiche Haushalte in der Stadt, doch die reichsten waren wie immer auch die geizigsten, das Geld reichte hinten und vorne nicht. Lenas kleinere Brüder, drei und vier Jahre alt, waren zwei ausgesprochene Racker, fast jeden Tag zerrissen sie ihre Kleidung oder verloren sogar ihre Schuhe. In den Kindergarten gingen sie nicht, das war zu teuer. Vormittags blieben sie alleine in der kleinen, ebenerdigen Wohnung, nach der Schule machte Lena ihnen etwas zu essen und beaufsichtigte sie oder spielte mit ihnen. Manchmal überließ sie ihre Brüder jedoch sich selbst und ging eigenen Interessen nach, das heißt, sie verschwand für ein oder zwei Stunden. Sie gehe zu ihren Freunden, sagte sie den Brüdern und verwarnte sie, nichts anzustellen.

Doch Freunde hatte Lena nicht. Früher, ja, da hatte sie viele Freunde und Freundinnen gehabt. Sie war ein beliebtes Kind gewesen, immer gut aufgelegt, fröhlich und ausgesprochen lernbegierig. Die Lehrer hatten sie gelobt und der Mutter mitgeteilt, dass Lena unbedingt später eine weiterführende Schule besuchen sollte. Jetzt war Lena fast neun Jahre alt, bald würde sie in die vierte Klasse kommen. Vielleicht aber auch nicht. In den letzten Monaten hatten sich ihre vorher so guten Noten verschlechtert, sie lernte nichts mehr, machte keine Hausaufgaben und war den Lehrern gegenüber frech und aufsässig. Die Mutter hatte davon nichts mitbekommen, sie arbeitete von früh morgens bis spät abends und war dann zu erschöpft, um sich noch mit Lenas Problemen herumzuschlagen. Sie brachte die kleinen Brüder ins Bett, wenn Lena das nicht schon getan hatte, räumte kurz den ärmlichen Haushalt auf, wusch noch Wäsche und sank dann selbst ins Bett, oft, ohne etwas gegessen zu haben. Sie wurde in den Haushalten, in denen sie arbeitete, ständig misstrauisch kontrolliert, man gab ihr zu verstehen, dass man sie nur aus reinster Nächstenliebe behalte, obwohl. Hier wurde vielsagend innegehalten. Lenas Mutter wusste, was hätte folgen sollen.

Seit Lenas Vater wegen Diebstahls ins Gefängnis gewandert war, wurde die Familie von allen anderen mit scheelen Augen angesehen. Man flüsterte hinter ihren Rücken, ging auf die andere Straßenseite, um nicht grüßen zu müssen und verbot vor allen Dingen den eigenen Kindern, sich mit diesem Diebsgesindel abzugeben.

Nein, Lena hatte keine Freunde mehr, sie waren ihr weggenommen worden. Doch obwohl sich die anderen Kinder nicht mehr mit ihr abgeben durften, umschwebte Lena so etwas wie eine geheimnisvolle Wolke. Es war erregend, sich in ihrer Nähe aufzuhalten, sozusagen der Gefahr zu trotzen. Einige hatten Lena sogar in Verdacht, hexen zu können. Lena tat so, als ob ihr das ständige Getuschel egal sei. Mit hocherhobenem Kopf ging sie umher. "Sie trägt ihre Nase verdammt hoch", sagten die Erwachsenen. Lena hob ihren Kopf daraufhin noch höher.

Eines Tages hatte eine Mitschülerin ihren ganzen Mut zusammen genommen und Lena gefragt: "Stimmt es, dass du hexen kannst?" Vorsichtshalber ging sie bei der Frage einen Schritt zurück. Lena blieb jedoch gelassen. Sie antwortete: "Na klar kann ich das. Willst du eine Probe?" – "Nein, nein", stammelte das andere Mädchen und lief aus dem Klassenzimmer. Einige Wochen später spürte Lena, wie jemand sie auf dem Schulhof am Ärmel ihrer abgetragenen Jacke zupfte. Verärgert riss sie ihren Arm an sich und drehte sich um. Da stand Karlchen, ein Winzling aus der ersten Klasse, vorzeitig mit fünf Jahren eingeschult, da er angeblich ein Wunderkind war. Dieses Wunderkind flüsterte nun: "Lena, ich brauche deine Hilfe. Ich bezahle dafür. Du musst für mich hexen". – Lena flüsterte zurück: "Warte nach der Schule hinter den Mülltonnen auf mich". Karlchen flitzte davon.

Nach dem Unterricht hockten die beiden hinter den überquellenden Mülltonnen und Lena ließ sich das Problem von Karlchen erklären. Er wünschte sich einen Spiele Computer, doch sein Vater, obwohl er genug Geld hatte, wollte nichts davon wissen. Karlchen war jedoch überzeugt, dass er dieses Gerät unbedingt brauchte. Lena sollte nun seinen Vater verhexen, damit er doch noch den Computer für ihn kaufte. Lena zog die Stirn kraus und überlegte. "Das wird ganz schön teuer für dich", sagte sie nach reiflichem Nachdenken. Karlchen zog einen Schein aus der Tasche. "Den bekommst du jetzt, und wenn du richtig gehext hast, kriegst du noch so einen". Lena schluckte. Zwanzig Mark, damit konnte sie eine Menge anfangen. "Ist in Ordnung", sagte sie und steckte das Geld in ihre abgewetzten Jeans. Karlchen zog ab. Die ganze Verhandlung hatte keine fünf Minuten gedauert, seine Mutter, die auf der Straße im Auto auf ihn wartete, hatte seine Verspätung nicht einmal bemerkt.

Wenige Tage später kam Karlchen strahlend zur Schule. "Es hat geklappt", flüsterte er Lena heimlich zu und steckte ihr das versprochene Geld zu. "Das bleibt aber unser Geheimnis", sagte sie und ließ Karlchen dann stehen.

Er war überglücklich. Die Freude verleitete ihn dazu, seinen besten Freunden unter strengster Geheimhaltungspflicht von der Transaktion zu erzählen. Die erzählten es dann, ebenfalls unter strengster Geheimhaltungspflicht, den anderen weiter.

Karlchen konnte seinen neuen Computer nicht lange genießen. An einem Sonntagmorgen war er nach dem Kirchgang plötzlich verschwunden, während seine Eltern noch mit dem Herrn Pfarrer das eine oder andere Wort wechselten. Karlchen war das erste Kind, das spurlos verschwand und nie mehr gesehen wurde. Die Eltern hofften und hofften, sie wollten alles Geld hergeben, das sie besaßen, wenn doch nur Karlchen wieder da wäre. Karlchen kam nicht wieder und auch nicht die anderen Kinder, die im Laufe der Zeit verschwanden.

Lena ging es gut. Sie hatte jetzt Geld zur Verfügung und konnte sich einiges kaufen, von dem sie früher nur geträumt hatte. Das Gerücht, das sie perfekt hexen konnte, hatte sich verdichtet und quasi erwiesen. So wurde sie immer wieder von Kindern aufgesucht, die mit irgend jemanden Probleme hatten, die Lena auf ihre Weise und gegen Bezahlung lösen sollte. Oft gelang es ihr, war es Zufall oder? Niemand wusste genaueres, und niemand wollte sich mit Lena darüber unterhalten, wer wusste denn schon, was sie einem dann anhexen würde?

Lena hatte ein Geheimnis. Einen Ort, den sie liebte und den sie, so oft sie konnte, aufsuchte. Es handelte sich um eine kleine Höhle, sie hatte diese zufällig bei einem ihrer Streifzüge in der Umgebung entdeckt. Den Eingang unter dem dichten Gestrüpp hatte sie nur gefunden, weil sie mit dem Fuß umgeknickt war und plötzlich abgerutscht. Durch den Eingang musste man kriechen, aber dann wurde der Unterschlupf höher, sie konnte sogar darin stehen. Für Lena war dies ein Zufluchtsort, hier konnte sie mit ihren Freunden spielen. Sie bewirtete sie, erzählte ihnen Geschichten und es störte sie überhaupt nicht, dass die Kinder ihr nicht antworteten. Dafür waren auch keine Erwachsenen dabei, die ihre Freunde von ihr fernhalten wollten. Auch der sich langsam entwickelnde Gestank störte Lena nicht.

Heute morgen war ihr ein Kind gefolgt. Sie hatte es nicht bemerkt. Der kleine Junge war hinter ihr in die Höhe gekrochen, hatte dann einen Entsetzensschrei von sich gegeben und war davongerannt. Die grauenvolle Furcht, die ihn ergriffen hatte, verlieh seinen runden Beinchen nahezu Flügel. Lena hatte ihn nicht mehr rechtzeitig eingeholt. Da sie jedoch wusste, wo er wohnte, hatte sie eine Abkürzung benutzt und ihm aufgelauert. Lena war etwas seltsam zumute. Ob das Kind doch reden würde? Sie beschloss, den nächsten Tag zu nutzen. Ein neuer Spielgefährte würde ihr gut tun.

# Die Schildkröte

W irklich, sie sieht aus wie eine Schildkröte. Rund, der kurze
Hals unmittelbar in den Rumpf übergehend, obwohl sie
versuchte, ihn zu recken. Die langen Haare aufgesteckt, was die
Hängebacken noch betont. Der nahezu übergangslose Rumpf be-
deckt mit weiten T-Shirts und kastenartigen Röcken. Gerade Haltung, vorgeschobenes Wabbelkinn. Listig glänzende Äuglein, herzhaftes, gewollt mädchenhaftes Lachen oder Kichern, vor Liebens-
würdigkeit triefende Stimme. Freundliches Klopfen auf Schultern,
gieriger Blick, verklärt von Ehrgeiz. Kumpelhaftigkeit, Mitleid,
Gute-Miene-zum-Bösen-Spiel Verständnis heuchelnd. Alle lieben
sie, alle, außer denen, die sie durchschauen.

Nein, sie isst nicht zuviel, darum ist sie nicht fett. Sogar auf den
Nachtisch hat sie gestern verzichtet, nach zwei Eisbeinen mit Sau-
erkraut, drei Knödeln und reichlich Soße. Vorher nur eine gute Ei-
erstich-Suppe, fast keine Kalorien. Und nachmittags nur das kleins-
te Stück von der Schwarzwälderkirsch, zur Verdauung nur zwei
kleine Schnäpschen, Obstler, das war doch fast nichts, oder? Am
Abend hat sie sich noch mehr zurückgehalten, ihre gut belegte Pizza nicht ganz aufgegessen, dafür konnte sie sich dann eine Tüte
Chips und ein paar Erdnüsschen erlauben. Also wirklich, wovon
war sie nur so dick? Das solle ihr mal ein Mensch erklären!

Niemand wagt es jemals, diese Erklärung abzugeben. "Friss nicht
soviel", ist man versucht, zu sagen. Beißt sich jedoch auf die Zunge. Lieber nicht, sie wäre sonst beleidigt. Unter Kollegen ist man
auf die Hilfe und Nachsicht der anderen angewiesen. Also Kopf-
schütteln, Unverständnis heuchelnd. "Nein, das ist aber wirklich
merkwürdig, vielleicht eine Hormonstörung?" Ihr Arzt hält das für
ausgeschlossen. Sie wird ihn wechseln, er hört ihr nicht zu. Man
kann ihn verstehen, es ist schwierig, ihr zuzuhören.

Sie stöhnt unter der Last ihrer Arbeit, der Verantwortung, der Weitsicht, die sie an den Tag legt, der Aufopferung für die Firma. Sie kommt früh, wenn es möglich ist, überschwemmt ihren Schreibtisch mit Bergen von Ordnern, wühlt in Papieren, malträtiert den Telefonhörer. Zwischendurch schiebt sie sich schnaufend und angestrengt ein Stück Schokolade in den Mund. Als Energieschub, das braucht sie. Die ganze, schwere Last hält sie nicht davon ab, in allen Einzelheiten einen Film zu erzählen, den sie im Fernsehen am Abend zuvor angeschaut hat. Immer mit dem Blick zur Eingangstür des Büros. Wenn der Chef kommt...

Wenn der Chef in der Eingangstür erscheint, unterbricht sie ihren Monolog. Greift nach der nächsten Akte und stellt eine möglichst intelligent anmutende Frage zu einem immens wichtigen Vorgang. Die Tüchtigkeit in Person, plötzlich hat sie keine Zeit mehr, ist schrecklich im Druck, muss noch tausend Dinge erledigen. Alle drängen sie immer so, eigentlich müsste sie ein Strich in der Bürolandschaft sein.

Einige Minuten später sieht man sie in einem anderen Büro mit lebhafter Gestik ganz offensichtlich den gesehenen Film nochmals von sich geben. Ja, sie schwärmt für diesen Schauspieler, er ist süß! Bekräftigend beißt sie jetzt in ihr mitgebrachtes Wurst- und Käsebrot. Der Mensch lebt nicht vom Glück allein, so ist das eben. Schon eilt sie weiter, beflissen, der Energieschub leuchtet auf ihrem Gesicht. Eine Haarsträhne hat sich aus dem Knoten gelöst und klebt in ihrem Mundwinkel. Mit zierlich erhobener Hand legt sie die Strähne hinter das rechte Ohr. Sie hockt vor ihrem Bildschirm, strömt Energie und Kompetenz aus. Sie hält das durch, macht sogar Überstunden. Die Arbeit muss geschafft werden, ist wichtig, wo kämen wir denn sonst hin? Man stimmt ihr zu, wie immer. Sie ist ein Vorbild für das Team.

Ob sie Kinder will, wird sie gefragt. Mit verschämtem Augenaufschlag berichtet sie, dass sie noch unverheiratet ist, sozusagen. Aber einen Freund hat sie. Auch umfangreich, sie wurde gesehen mit ihm. Doch, Kinder will sie irgendwann. Aber zuerst kommt die Karriere. Die muss aufgebaut werden, dazu braucht sie alle Kraft und kümmert sich deshalb auch schon einmal um die Aufgaben ihrer Mitstreiter, ihrer Teamgefährten. Freundliche Süße verträufelnd teilt sie ihnen mit, was und wie sie das besser machen könnten. Eigentlich müssten, nein, unbedingt müssen.

Was sie am Wochenende macht? Gedanken macht sie sich, Gedanken. Über ihre Arbeit? Das auch. Was sie kochen soll? Das sowieso. Noch wichtiger: welchen Videofilm soll sie sich mit ihrem Freund anschauen? Oder gar ins Kino gehen? Ein Problem, die Leute schätzen das Knistern des Bonbonpapiers nicht sehr, besser gesagt, überhaupt nicht. Also daheim spielen, am liebsten Monopoly. Der Geruch des Geldes, es geht um anständige Beträge, die Vorstellungskraft wird aktiviert, die Karrierechancen trainiert. Stundenlang, der nächste Montag kommt bestimmt.

Gestern Nacht hat es geregnet, stundenlang. Das Wasser steht noch heute morgen auf den Straßen, die Sonne kann es nur langsam trocknen, die Erde schluckt und schluckt. Nur vor der Tür zum Bürogebäude bleibt ein großer, nasser Fleck. Er will nicht weichen. Jemand rutscht in der Eile darauf aus. Es ist kein Wasser, es ist Fett. Ein großer Fettfleck. Niemand vermisst eine Schildkröte.

# König Fußball

Susanne war sauer. Die nächsten Wochen würde Horst am Fernseher kleben, sozusagen. Fußballweltmeisterschaft, bescheuert. Da liefen eine Horde Männer hinter einem Fall her, schubsten und traten um sich und versuchten, den Ball in das gegnerische Tor zu manipulieren. Von den Zuschauerrängen wurde geklatscht und gebuht, je nachdem, welcher Mannschaft man zujubelte. Die Karten zu den wichtigsten Spielen waren unerschwinglich teuer, zumindest für Horst. Sein Gehalt als Busfahrer reichte mal gerade so aus, um die Kinder nicht verhungern zu lassen. Mit drei Kindern war man sowieso schon asozial hier in Deutschland. Aber Horst wollte die Kinder, und sie eigentlich auch. Sein schwaches Herz hatte ihn nicht von der Zeugung abhalten können.

Egal, jedenfalls würde er die nächste Zeit für Frau und Kinder unerreichbar sein, so nah (im Wohnzimmersessel) und doch so fern (vertieft ins Glück oder Unglück der Nationalmannschaft). Der obligatorische Kasten Bier neben dem Sessel, die Tüte mit den Chips auf dem Tisch, die Beine daneben auf der frisch polierten Glasplatte. Ekelhaft, zu solchen Zeiten fragte sich Susanne, warum sie diesen Kerl überhaupt geheiratet hatte. Aber diese harte Zeit musste durchgestanden werden, da half alles nichts, kein Klagen und kein Zetern, sie musste da durch!

Jeden Abend während der letzten Tage hatte Horst, wenn er nach seiner Schicht die Wohnung betrat, als erstes den Fernseher eingeschaltet. Zu Testzwecken, wie er sagte, zur Überprüfung, ob er auch einwandfrei funktionierte. Erst, wenn das zur Zufriedenheit festgestellt war, gab er Susanne ein Küsschen auf die Wange und langte in den Kühlschrank, um sich das erste Feierabendbier zu genehmigen. Er ließ sich damit am Küchentisch nieder, erzählte Susanne von den unmöglichen Passagieren, die er tagtäglich herum-

kutschieren musste und fragte sie herablassend, was sie denn den ganzen Tag über getan habe. Susanne erzählte ihm, dass Tobias schon wieder eine Fünf in Mathe geschrieben habe, dass sie mit Anna beim Zahnarzt gewesen sei, und dass die kleine Barbara im Kindergarten Streit gehabt habe. Außerdem habe sie diverse Maschinen Wäsche gewaschen, eingekauft und die Wohnung geputzt. Sie erzählte und erzählte, Horst nahm einen Schluck Bier nach dem anderen und hörte anscheinend aufmerksam zu. Susanne fühlte sich dadurch in ihrer Hausfrauenrolle bestätigt. Dann sagte er plötzlich: "Also hattest du alles in allem einen gemütlichen Tag, nicht wahr?" – Susanne blieb die Luft weg. Wieder war sie auf ihn hereingefallen. So machte er das immer, und immer wieder glaubte sie, dieses Mal höre er ihr wirklich und wahrhaftig zu. War sie denn blöd, oder was?
Wahrscheinlich war sie das.

Das erste Spiel der Weltmeisterschaft sollte am morgigen Abend stattfinden. Horst hatte ihr eingeschärft, auch ja an den Kasten Bier zu denken, den er zur Anfeuerung der deutschen Fußballer unbedingt benötigte. Ihren Einwand, dass eigentlich die Kinder auch eine Kiste Limo haben wollten, wischte er beiseite. "Die können auch mal Wasser aus der Leitung trinken, oder Tee. Ist sehr gesund", sagte er. Susanne erwiderte nichts darauf. Es hatte ja doch keinen Zweck, mit ihm zu streiten. Sie musste eben sehen, wie sie mit dem bisschen Haushaltsgeld zurechtkam.

Am Nachmittag des ersten Abends der Weltmeisterschaftspiele saugte Susanne noch einmal gründlich das Wohnzimmer aus. Irgendwie schien die Steckdose zu klemmen, der Stecker wollte nicht hineinpassen. Sie sah sich im Wohnzimmer um. Wo war noch eine Steckdose? Da, am Fernseher. Sie zog den Stecker des Gerätes heraus und den Stecker des Staubsaugers hinein. Prima, er passte. Sorgfältig reinigte sie den Teppich, vergaß keine Ecken oder Kanten. Als sie fertig war, rollte sie die Schnur zusammen und trug den Staubsauger wieder in die Putzkammer zurück. Sie durfte nicht vergessen, den Fernseher wieder anzuschließen, bevor Horst von der Arbeit kam.

Eine Minute, nachdem sie den Staubsauger abgestellt hatte, klingelte das Telefon. Die Kindergärtnerin von Barbara teilte ihr mit, dass ihr Kind im Garten von der Schaukel gefallen sei und sich den Arm gebrochen hätte. Sie sei bereits ins Krankenhaus gefahren worden und der Arm schon eingegipst. Ob Susanne wohl jetzt dorthin kommen könne und ihre Tochter abholen? – Natürlich, Susanne würde sofort aufbrechen. Sie rannte ins Schlafzimmer, holte ihre Handtasche, warf einen Blick in die Geldbörse, ob noch genug für eine Fahrkarte mit dem Bus darin sei, nahm ihre Jacke vom Haken in der Diele und schon war sie aus der Wohnung. Glücklicherweise waren Anna und Tobias heute bei Freunden eingeladen, sie sollte sie erst am Abend abholen, um sie brauchte sie sich momentan also nicht zu kümmern. Auf der Fahrt ins Krankenhaus seufzte Susanne leise vor sich hin. Dass doch immer wieder etwas schief ging.

Im Krankenhaus angekommen, wurde sie in die Orthopädie verwiesen. Barbara saß auf einem Stuhl und wartete schon auf sie. Der Arzt kam nach einer Weile und erklärte, was für eine Art Bruch das Kind sich zugezogen habe. Susanne hörte kaum hin, auch nicht, als die Kindergärtnerin versuchte, ihr zu erklären, wie es zu dem Unfall habe kommen können. Susanne war in Gedanken daheim, wo Horst jetzt versuchen würde, den Fernseher einzuschalten. Sie hatte vergessen, den Stecker wieder rein zu tun. "Hoffentlich kommt Horst auf die Idee, das zu tun", dachte sie. Vielleicht sollte sie ihn vom Krankenhaus aus anrufen? Aber dann verwarf sie die Idee wieder, so dumm war Horst nun auch wieder nicht.

Leider doch. Horst war nach Hause gekommen, sein erster Weg führte ins Wohnzimmer, nicht einmal die Schuhe hatte er sich ausgezogen. Er drückte auf den Knopf des Fernsehgerätes, drehte sich gleichzeitig zu dem Kasten mit seinem Lieblingsbier um und reichte nach einer Flasche. Mit gekonntem Griff öffnete er sie und wandte sich, die Flasche in der Hand, wieder dem Bildschirm zu. Es geschah – nichts! Kein Bild, kein Ton, kein gar nichts. Horst fluchte. "Susanne", brüllte er. Keine Resonanz, keine eifrig herbeieilende Susanne. Wo war das verflixte Weibsstück nur? Horst, immer noch das Bier in der Hand, rüttelte am Gerät, schaltete es an und aus. Noch immer nichts! Sollte er zum Nachbarn geh'n müssen, um sich das Spiel anzusehen? Aber mit dem hatte er kürzlich Streit gehabt, da müsste er sich erst mal für seine Unverschämtheit, ihm den einzigen Parkplatz vor dem Haus wegzunehmen, entschuldigen. Auch wenn es ein Behindertenparkplatz war und der Nachbar eigentlich darauf Anspruch hatte, brauchte er sich nicht so aufzuführen. Also das mit dem Nachbarn, nein, keine so gute Idee. Dann ging Horst ein Licht auf. Der Stecker, natürlich. Susanne hatte ihn wahrscheinlich bei ihrer immerwährenden Putzorgie herausgezogen und blöd wie sie war, nicht wieder eingesteckt. Horst bückte sich. Tatsächlich, da lag der Stecker am Boden hinter dem Gerät. Mit einer einzigen gleitenden Bewegung goss Horst beim Aufheben des Steckers das Bier, das noch in der Flasche war über diesen und schob ihn auch schon in die Steckdose, biergetränkt wie er war. Dieses Spiel sollte Horst nicht mehr ansehen, auch die folgenden nicht mehr.

Susanne holte den Scheck von der Lebensversicherung ab. Er lautete über eine schöne, runde Summe. Sie würde jetzt abends immer in Ruhe Lindenstraße gucken können, ohne unliebsame Störungen. Und nie wieder Fußball!

# Unsichtbar

Sie hatte schon immer davon geträumt, unsichtbar zu sein. Schon so lange, wie sie sich erinnern konnte. Na gut, das war noch gar nicht so lange, sie war schließlich erst 15 Jahre alt. An die ersten drei Jahre ihres Lebens konnte sie sich nur schwach erinnern, nur einzelne Episoden waren irgendwo in einer dunklen Ecke ihres Kopfes verkramt, kamen manchmal zum Vorschein. Ihre bewusste Erinnerung setzte erst mit etwas über drei Jahren ein. Da war sie nämlich in den Kindergarten gekommen.

Der Kindergarten: sie hatte sich damals darauf gefreut, endlich mit anderen Kindern spielen zu dürfen. Sie war relativ einsam aufgewachsen, ein Einzelkind, verhätschelt, verzogen, kränklich. Ihre Mutter hatte sie ständig umsorgt, beim geringsten kleinen Husten oder einem leichten Fieberanfall wurde der Arzt geholt, sie wurde ins Bett gesteckt und bekam stündlich heißen Tee und zwischendurch etwas aufgeweichten Zwieback eingeflößt. Daran konnte sie sich gut erinnern, wie heiß es immer in ihrem Kinderzimmer war, eingepackt in einem dicken Federbett, Mutter neben dem Bett in einem bequemen Sessel, ein Kinderbuch in der Hand, aus dem sie ihr mit leiser Stimme vorlas. Dann und wann legte ihre Mutter ihre Hand besorgt auf Mariannes Stirn, schüttelte den Kopf und seufzte.

Mariannes Vater war nicht ganz mit der Erziehung seiner Tochter einverstanden. Er wollte, dass sie abgehärtet wurde, kräftig, "an Leib und Seele gesund" wie er sich ausdrückte. Doch Mama wollte davon nichts wissen. Sie behütete ängstlich ihr einziges Kind. Am liebsten wäre es ihr gewesen, wenn Marianne nie gewachsen wäre, immer das liebe, kleine Kuschelmädchen geblieben wäre, gehorsam und brav. Doch Marianne tat ihr diesen Gefallen nicht. Sie wuchs und sie entwuchs auch ihrer Kränklichkeit. An ihrem dritten Geburtstag sprang sie fröhlich im Haus umher und freute sich über das kleine Fahrrad, das ihr Vater als Geschenk mitgebracht hatte. Ihre Mutter war entsetzt, Marianne konnte stürzen und sich verletzen, doch diesmal blieb Vater hart, er würde mit ihr das Radfahren üben. Außerdem hatte er noch eine Überraschung im Hinterhalt: er hatte Marianne im Kindergarten angemeldet.

Abends hörte Marianne die Eltern streiten. Sie wusste, dass es um sie ging. Auch wenn beide sehr leise sprachen, hörte sie doch den scharfen Ton in den Worten ihres Vaters und von der Mutter ein unterdrücktes Schluchzen. Es ging um den Kindergarten. Wie sollte ihre arme, kleine und so zarte Marianne nur mit den anderen groben Kindern zurechtkommen? Vater berichtigte sie: "die anderen Kinder sind nicht alle grob, und selbst wenn, Marianne wird lernen müssen, sich im Leben durchzusetzen, und damit basta". Die Diskussion war beendet.

Der erste Kindergartentag kam heran. Marianne wurde in ein weißes Kleidchen mit blauen Tupfen gesteckt, sie bekam eine blaue Umhängetasche für das Butterbrot und den Apfel, den ihre Mutter fürsorglich eingepackt hatte und ihre Mutter brachte sie auch in den Kindergarten. Eine junge Frau führte die beiden herum, zeigte ihnen die verschiedenen Spielecken, die kleine Küche, den Schlafraum und auch den großen Garten. Es gab eine Schaukel, eine Rutsche, Sandkisten und Wippen. Marianne staunte nur. Das alles war für sie!

Nachdem sich ihre Mutter verabschiedet hatte, nicht, ohne sie vorher noch zu ermahnen, recht brav zu sein, stand Marianne in den ersten Minuten etwas verschüchtert herum, obwohl die Kindergärtnerin, Fräulein Lore, sie an die Hand nahm, um sie den anderen Kindern vorzustellen. Die beachteten sie jedoch nur einen kurzen Moment, blickten sie neugierig an, kicherten über Mariannes schönes Kleid und ein ganz kecker Junge wollte von ihr wissen, ob sie heute Geburtstag habe. Marianne senkte den Kopf. Sprechen konnte sie nicht vor lauter Verlegenheit. Dies war das erste Mal gewesen, dass sie sich gewünscht hatte, unsichtbar zu sein. Sie schämte sich, obwohl sie doch gar nichts Unrechtes getan hatte. Die Kinder liefen wieder davon, tobten im Garten umher und kümmerten sich nicht weiter um sie. Fräulein Lore wurde ins Haus gerufen, ein anderes Kind hatte sich an der Hand verletzt und brauchte ein Pflaster. "Setz dich inzwischen dort auf die Bank", sagte sie freundlich zu Marianne, "ich komme gleich zurück und dann spielen wir alle etwas zusammen".

Da saß Marianne nun auf der Bank. Sie erinnerte sich an den Apfel und das Brot in ihrer Tasche. Sie öffnete sie und nahm das Essen vorsichtig heraus. Sie wickelte das Brot aus dem Papier und biss hinein. Da kam ein anderes Mädchen auf sie zugelaufen und rief: "Das darfst du nicht, wir essen immer alle zusammen am Tisch, du darfst jetzt noch nicht essen!" Erschrocken wickelte Marianne das Brot wieder ein und stopfte es verlegen in ihr Täschchen. Sie verstand nicht, was sie falsch gemacht hatte. Das Mädchen baute sich vor ihr auf, die kleinen Fäuste in die Hüften gestemmt, und schaute sie von oben bis unten an. "Warum hast du so ein komisches Kleid an?" Marianne schaute an sich herunter. Sie hatte genauso ein Kleid an, wie sie es immer trug. "Damit kannst du doch nicht spielen", fuhr das Mädchen fort und sagte im gleichen Atemzug: "Ich bin die Tanni. Komm mit, wir gehen in die Sandkiste". Sie zog Marianne am Arm hinter sich her. Die ließ es geschehen, sie wollte ja auch mit den anderen Kindern spielen. Darauf hatte sie sich gefreut.

Die anderen Kinder waren praktischer angezogen, selbst die Mädchen trugen kurze Hosen und T-Shirts, wegen der Hitze keine Strümpfe und nur Sandalen an den Füßen. Marianne hatte weiße

Baumwollstrümpfe anziehen müssen, darüber ihre blank polierten Lackschuhe, die außerdem noch drückten. Der Sand in der Sandkiste war bereits feucht, da einige Kinder einen großen Turm aus Sand gebaut hatten und zum besseren Halt eine Menge Wasser verwendet hatten. Mariannes schönes Kleid war im Nu zerdrückt und feucht, Sandkrümel krochen in ihre Schuhe und klebten an ihren Strümpfen. Doch tapfer füllte sie zusammen mit Tanni einige Kuchenformen mit Sand und war bald ganz in das für sie ungewohnte Spiel vertieft. Ihre Wangen glühten vor Eifer, immer wieder rief sie aus: "Schau, Tanni, das ist ein ganz schöner Kuchen". Tanni klopfte jedes Mal mit einer kleinen Schaufel darauf und befahl ihr: "Mach einen neuen, der ist noch nicht gut genug". Und Marianne machte sich wieder ans Werk.

Dann rief das Fräulein Lore die Kinder zum Essen herein. Zuerst mussten sich alle gründlich die Hände waschen. Tanni spielte mit einem Stückchen Seife herum, sie ließ es immer wieder durch ihre kleinen Hände flutschen und zurück in das Waschbecken sausen. Marianne griff danach. In diesem Moment sah Fräulein Lore zu ihnen hin. Freundlich sagte sie zu Marianne: "weißt du, mit der Seife solltest du nicht herumspielen. Wir wollen doch sparsam damit umgehen, damit sie recht lange reicht". Marianne senkte den Kopf. Sie wagte nicht, etwas zu sagen. Tanni kicherte und gab ihr einen Stoß mit dem Ellenbogen in die Rippen. "Dein Glück, dass du mich nicht verraten hast", flüsterte sie.

Auf dem runden Tisch im Aufenthaltsraum des Kindergartens standen bunte Plastikteller und farblich dazu passende Becher. Fräulein Lore goss allen Kindern Milch in die Becher und sie durften nun ihr mitgebrachtes Essen auspacken. Marianne biss vergnügt in ihren Apfel. Tanni hatte ihr Brot schnell in sich hineingestopft und schien noch Hunger zu haben. Sie beugte sich zu Marianne. "Gib mir deinen Apfel", befahl sie. Marianne schüttelte den

Kopf: "Meine Mama hat gesagt, ich muss Vitamine essen". "Weißt du überhaupt, was in deinem Apfel außer Vitaminen noch alles drin ist?" Tanni machte ein geheimnisvolles Gesicht. Mit ihren fünf Jahren fühlte sie sich fast schon erwachsen. "Da sind ganz ekelhafte kleine Würmchen drin, so klein, dass du sie gar nicht sehen kannst. Und die isst du jetzt alle auf". Marianne blieb der Bissen im Halse stecken. Sie verschluckte sich und hustete. Das Apfelstück flog zurück auf ihren Teller. Sie legte den Rest des Apfels dazu. Tanni griff danach und verschlang ihn. Marianne war blass. Sie fragte sich nicht, warum denn Tanni den Apfel aß, trotz der widerlichen Würmchen. Marianne war es nicht gewohnt, etwas, was man ihr sagte, in Frage zu stellen. Sie war noch nie belogen worden. So schwieg sie.

Als ihre Mutter sie am späten Nachmittag abholte, beklagte sich Marianne über Bauchweh. Fräulein Lore wurde befragt, hatte jedoch nichts Außergewöhnliches bemerkt. "Wahrscheinlich die Aufregung", sagte sie beschwichtigend, "die meisten Kinder brauchen etwas Zeit, um sich einzugewöhnen".

Daheim erzählte Marianne aufgeregt, was sie alles im Kindergarten gemacht hatte, auch, dass sie eine Freundin habe, die Tanni heiße. Nur von den Würmchen erzählte sie nichts, sonst würde ihre neue Freundin mit ihr böse werden. Das wollte Marianne nicht. Sie schien so glücklich, dass ihre Mutter nicht einmal über das verdorbene Kleid schimpfte. Fräulein Lore hatte ihr auch gesagt, sie solle Marianne am nächsten Tag etwas Praktischeres anziehen, damit sie sich besser bewegen könne. So gingen sie noch kurz vor Geschäftsschluss los und kauften einige kurze und lange Hosen, Pullis und ganz allerliebste T-Shirts, eines in himmelblau, passend zu Mariannes großen Kulleraugen und eines, das sofort zu ihrem Lieblingskleidungsstück erklärt wurde, weiß, mit roten Kirschen darauf. Das Bauchweh war vergessen, nach diesem aufregenden Tag schlief Marianne schnell tief und fest ein.

Während der nun folgenden Kindergartenzeit geschah es, dass Marianne immer wieder daheim erklärte, sie könne dieses oder jenes nicht essen. Warum, das sagte sie nie. Ihre Mutter machte sich weiter keine Sorgen deswegen, alle Kinder hätten derartige Marotten, wurde ihr von anderen Müttern gesagt. Marianne gefiel es nach wie vor im Kindergarten, als Tanni nach zwei Jahren eingeschult wurde, fand sie sofort wieder eine neue Freundin. Unter den Kindern hatte es sich herumgesprochen, dass Marianne mit dem Essen etwas empfindlich war, daher machten sich alle einen Spaß daraus, ihr über verschiedene Lebensmittel die haarsträubendsten Geschichten zu erzählen. Manchmal wurde sie schon misstrauisch, aber immer fielen ihr wieder die Würmchen ein. Sie hatte das Gefühl, seit sie damals diesen Apfel gegessen hatte, dass sich in ihrem Magen Tausende und Abertausende von ganz, ganz winzigen Würmchen tummelten und hin und wieder klagte sie über Bauchweh. Ihre Mutter ging mit ihr zum Arzt, der befand jedoch, es sei alles in bester Ordnung. "Sie ist im Wachsen", sagte er zu ihrer Mutter, "da kann es schon einmal zu unerklärlichen Symptomen kommen".

Marianne kam in die Schule. Auch einige der anderen Kinder aus ihrem Kindergarten wurden eingeschult. Sie war das fleißigste Kind von allen. Tagtäglich übte ihre Mutter mit ihr die Hausaufgaben, lobte und schimpfte, je nachdem, aber meistens gab es nur etwas zu loben.

Als Marianne in das Gymnasium kam, was bei ihren Noten keine Frage gewesen war, strengte sie sich noch mehr an. Wenn nur die Würmchen nicht gewesen wären. Sie wusste natürlich, dass Tanni sie damals schlichtweg angelogen hatte, trotzdem war dieses ekelhafte Gefühl in ihrem Bauch geblieben. Immer wenn sie etwas aß, hatte sie Visionen von irgendwelchem Getier, dass sich an ihrem Mageninhalt gütlich tat und wahrscheinlich auch an ihren Innereien. Sie würde am liebsten überhaupt nichts mehr essen. Doch ihre Mutter passte auf Mariannes Ernährung auf. Süßigkeiten waren ihr schon als Kleinkind verwehrt worden, gesund musste das Essen sein, also viel Salat und Gemüse und jede Menge Obst. In der Schule konnte sie, genauso wie im Kindergarten, zumindest das Obst an andere weitergeben. Ihre Mutter lobte sie des öfteren: "Marianne, wie nett du aussiehst. Du bist nicht so dick wie viele Mädchen in deinem Alter, du siehst also, wie wichtig eine gute Ernährung ist". Marianne wurde dünner. Niemand schien es zu bemerken. Da sie die meiste Zeit weite Blusen und Pullover trug, der Mode entsprechend, fiel es jedenfalls nicht auf. Bis eines Tages die Sportlehrerin eine Bemerkung machte: "Marianne, isst du eigentlich genug? Ich habe den Eindruck, du hast im letzten Jahr sehr an Gewicht verloren, du bist ja nur noch Haut und Knochen". Marianne sah an sich herab. Ihre Hüftknochen stachen deutlich aus der Sporthose hervor. Wieder einmal wünschte sie sich, unsichtbar zu sein. Sie wollte nicht, dass irgend jemand sie genau betrachtete. Dann hatte sie das Empfinden, dass man in ihr Innerstes schauen könnte. Und man würde die Würmer sehen, die in der letzten Zeit gewachsen waren, größer geworden, sie konnte es fühlen.

Schließlich wurde ihre Mutter aufmerksam. Sie war eines Tages ins Badezimmer gekommen, weil Marianne vergessen hatte, die Tür abzuschließen. Erschrocken blickte sie ihre Tochter an: "Kind, was ist nur mit dir los, du bist ja spindeldünn geworden, du wirst uns noch krank werden. Wir gehen morgen sofort zum Arzt". Sie verließ das Bad. Als Marianne herauskam, in ein weites Nachthemd gekleidet, sagte ihre Mutter noch: "Marianne, du isst doch immer mit uns zusammen, ich weiß wirklich nicht, wieso du so abgemagert bist. Das kann wirklich nur eine Krankheit sein". Marianne senkte den Kopf und antwortete nichts. Sie wollte nur noch ins Bett, doch gleichzeitig hatte sie Angst davor. Sie würde, wie jede Nacht, wieder die Würmer in ihrem Inneren spüren, sie schmatzen hören, sich hin und herschlängeln, an ihr saugen. Sie hatte versucht, sie auszuhungern, hatte sich nach jeder Mahlzeit heimlich erbrochen, doch es hatte alles nichts geholfen.

Jetzt war es ihr gleichgültig. Bald würde sie unsichtbar sein.

# Geborgen

Schon als Kind hatte Ernst immer ein Bedürfnis nach Sicherheit gehabt. Natürlich, dieses Bedürfnis ist bei jedem Kleinkind ausgeprägt, doch bei Ernst war es ins Unermessliche gesteigert. Er hing seiner Mutter am Schürzenband, oder, eher gesagt, da sie Schürzen hasste, zuerst am Kleidersaum und zuletzt am Kleiderärmel, als er sich sozusagen hochgearbeitet hatte.

Für seine Mutter war das anfänglich, als Ernst noch ein Säugling und dann ein Kleinkind war, außerordentlich beglückend. Ihr Sohn hing an ihr, im wahrsten Sinne des Wortes. Wenn er in seinem Bettchen lag oder in einer Kinderwippe, verfolgten seine Augen sie auf Schritt und Tritt. Sogar ins Badezimmer musste sie ihn mitnehmen, was ihr, als er etwas größer geworden war, dann doch peinlich vorkam. Aber er war so ein liebes Kerlchen, goldene Locken ringelten sich auf seinem Kopf, die Augen waren rund und dunkelbraun. Wenn er lächelte oder gar lachte, strahlte sein ganzes Gesichtchen vor Wonne, kurz, er war ein richtiger Goldschatz. Und wenn er denn so ein großes Bedürfnis nach Geborgenheit hatte, nun gut, dann sollte dieses auch erfüllt werden.

Die Jahre gingen dahin. Den Kindergarten hatte Ernst nicht besucht, er war um nichts in der Welt zu bewegen gewesen, auch nur eine einzige Stunde ohne seine geliebte Mutter dort zu verbringen. Doch dann wurde es ernst für Ernst, er musste in die Schule, dagegen war nichts zu machen. Man ließ ihn zwar für ein Jahr zurückstellen, doch als er dann acht Jahre alt war, schlug das Schicksal unbarmherzig zu. Ernst bekam eine Schultüte in den Arm gedrückt, einen Schulranzen aus gutem Leder auf den Rücken, strapazierfähige Kleidung angezogen, und seine Mutter zerdrückte einige Tränen, als sie ihn am ersten Schultag bei der Lehrerin ablieferte. Die ganze Schulzeit hindurch blieb Ernst ernst, er lernte ernsthaft, er spielte ernsthaft mit den anderen Kindern, er war ernstlich bemüht, allen zu Gefallen zu sein, vor allen Dingen seiner Mutter. Nur sie wusste, was Ernst brauchte: die Sicherheit an ihrer Seite.

Ernst hatte auch einen Vater, wie alle Kinder, oder jedenfalls fast alle. Nur, wie auch fast alle Väter, war dieser nur zeitweilig für seinen Sohn erreichbar, er musste und wollte für das Wohl der Familie sorgen, da war für anderes kaum mehr Platz oder Zeit. Papa war jemand, der abends müde nach Hause kam und am Wochenende seine Ruhe brauchte. Aber was sollte Ernst auch mit Papa, wo er doch die Mama hatte, und die war immer für ihn da.

Nach der Schule machte Ernst eine Lehre als Postbeamter. Nicht, dass ihn diese Arbeit besonders interessiert hätte. Es ging ihm lediglich darum, dass er während seiner Ausbildung und auch später wahrscheinlich keine Überstunden würde leisten müssen, dass er ein geregeltes Einkommen und später eine ernsthaft geregelte Rente haben würde. Und, vor allen Dingen, diese Arbeit würde ihn nicht über Gebühr von der Mama fernhalten, sie wartete jeden Tag auf ihn, wenn Ernst zur Tür hereinkam, stand bereits das fertige Essen auf dem Tisch und Mama nahm ihn in die Arme, als ob der lang erwartete und viele Jahre verschwundene Sohn gewesen wäre.

Ja, das Leben war schön für Ernst und seine Mama, einfach perfekt. Doch eines Tages kam Ernst nach Hause und es war kein Essen auf dem Tisch und keine Mama begrüßte ihn überschwänglich. Ernst blickte ernst vor sich hin. Er suchte Mama in der ganzen Wohnung, doch da diese aufgrund von nur drei Zimmern relativ leicht zu überblicken war, musste er bereits nach einigen Minuten feststellen, dass seine Mama nicht da war. So etwas war noch nie geschehen. Ernst war ernsthaft verzweifelt und, ehrlich gesagt, auch ein ganz kleines bisschen böse, nein, sogar ärgerlich. Wieso war sie ohne ihn fortgegangen? Er fühlte sich verloren, wusste nicht, was er tun sollte. Es war, als hätte man ihm wie einem kleinen Hündchen die Leine abgenommen und er stünde da und wüsste nicht, in welche Richtung er sich bewegen sollte. Ernst setzte sich in einen Sessel und versuchte, ernsthaft nachzudenken. Es gelang ihm nur nicht.

Einige Stunden später kam sein Vater nach Hause. Er erklärte Ernst mit ernster Miene, dass die Mutter einem Herzanfall erlegen sei. Bis der Arzt ins Haus gekommen wäre, sei sie schon tot gewesen. Er solle sich trösten, die arme Mama habe nicht gelitten. Ernst nahm diese Erklärung auf, ohne eine Miene zu verziehen. Er ging in sein Zimmer und legte sich schlafen. Was sein Vater ihm da gesagt hatte, erschien ihm unglaubhaft und verlogen, nein, er konnte nicht ernstlich glauben, dass seine Mutter nicht mehr war.

Einige Tage später wurde der Sarg aufgebahrt. Feierlich nahmen die vielen Verwandten seiner Familie Abschied von der Mama, versuchten ihn zu trösten und wollten ihm Mut zusprechen. Auch Ernst ging noch einmal in die Sakristei, wo der Sarg stand, um persönlich und alleine einen ernsten Abschied zu nehmen. Dann verließen alle den Raum, der Sarg wurde geschlossen und das Begräbnis nahm unter feierlichen Reden vom Pfarrer und Freunden seinen betrüblichen Lauf. Blumen und Kränze wurden niedergelegt, Schaufeln voller Erde auf den Sarg geworfen. Der Vater war tränenreichen Blickes dagestanden, er sah nicht, was um ihn herum vorging. Verwandte brachten ihn nach der Beerdigung nach Hause zurück, doch wo war Ernst? Keiner konnte sich erinnern, ihn in den letzten Stunden gesehen zu haben. Man suchte ihn, nahm dann aber an, er habe sich in eine Ecke verkrochen, um seine heißgeliebte Mama zu betrauern. Es war schwer für ihn, darin waren sich alle einig, hatte er nicht erst kürzlich gesagt, er würde sich nie im Leben von ihr trennen?

Und das hatte Ernst ganz ernst gemeint.

# Figurprobleme

Elsa hatte da ein Buch gelesen. Sehr spannend, die Geschichte. Es ging um eine Frau, die den Mann, der ihre kleine Tochter sexuell belästigt hatte, erschoss und damit auch noch davon kam. Was Elsa jedoch am meisten an der Geschichte faszinierte, war, dass diese Frau innerhalb von 14 Tagen sage und schreibe 10 Kilogramm an Gewicht verloren hatte. Natürlich, die betreffende Mutter hatte während dieser 14 Tage unbeschreiblich gelitten, kaum etwas gegessen und sehr wenig geschlafen. Doch Elsa setzte nun, da sie die dem Mord vorausgegangene Leidensgeschichte in den Hintergrund ihres Gehirns verdrängt hatte, einen Mord mit einer beträchtlichen Gewichtsabnahme gleich. So einfach war das also!

Elsa hatte schon viele vergebliche Diätversuche hinter sich. Es wollte und wollte ihr einfach nicht gelingen, auf ein erträgliches Körpergewicht zu kommen. Sie wog inzwischen fast 200 Pfund, konnte sich kaum mehr bewegen. Die meiste Zeit saß sie in einem Sessel und las, wälzte sich zwischendurch in die Küche und plünderte den Kühlschrank. Die Arbeit hatte sie aufgeben müssen, sie war zu unbeweglich, um ihrer Tätigkeit als Putzfrau weiterhin nachgehen zu können. Sie lebte jetzt von Sozialhilfe. Das Geld reichte ihr, sie musste für ihre winzige Wohnung nicht viel Miete zahlen, sie rauchte nicht, sie trank keinen Alkohol, sie aß nur, und Lebensmittel waren erschwinglich, wenn man auf Delikatessen verzichtete.

Doch obwohl es ihr nicht schlecht ging, grübelte sie doch von Zeit zu Zeit darüber nach, wie ihr Leben aussehen würde, wenn sie einige Kilo wieder herunterbrächte. Sie würde dann wieder arbeiten müssen, klar, aber vielleicht würde sie dann auch einen Mann kennen lernen, der sich als ihr Ernährer eignen würde. Der letzte hatte sie verlassen, weil sie soviel Fett angesetzt hatte. War inzwischen mit einer anderen verheiratet, ein zierliches, dünnes Gestell, nur Haut und Knochen. So übertrieben dünn wollte Elsa gar nicht werden. Nein, nur ein bisschen weniger und...

Die im Buch geschilderte Art und Weise, wie man zu einer Gewichtsreduzierung kommen konnte, sagte ihr zu. Sie musste sich jetzt nur noch überlegen, wen sie ermorden konnte. Wer war so fies und gemein, dass es erstens ein Segen für die Menschheit sein würde, wenn er verschwände und zweitens ihr irgendwelche Gewissensbisse ersparte? Elsa dachte lange nach, fertigte mühsam eine Liste an. Das dauerte einige Tage. An erster Stelle setzte sie den Mann, der sie so schnöde verlassen hatte. Wenn das nicht fies und gemein gewesen war, dann wusste sie nicht, was sonst. Die zweite Stelle nahm ihr Metzger ein, der schaute sie immer so kritisch und halb bedauernd an, wenn sie sich zwei oder drei Scheiben fettes Wammerl fürs Mittagessen kaufte. Natürlich, sie hätte auch woanders einkaufen können, doch die anderen Geschäfte waren erheblich teurer. An die dritte Stelle rückte der Mitarbeiter im Sozialamt, der sie ständig wie eine Schmarotzerin behandelte. Den würde bestimmt niemand vermissen, den ekelhaften Kerl, der er war. Sie rechnete nach: das waren jetzt 30 Kilo, das müsste für den Anfang genügen.

Nun ergab sich für Elsa das nächste Problem. Die Frau in dem Buch hatte den Kinderschänder mit einer Pistole erschossen. Doch Elsa hatte keine und auch überhaupt keine Ahnung, wie sie an so etwas rankommen konnte. Eine Schusswaffe fiel also aus, sie musste sich etwas anderes ausdenken. Tagelang grübelte sie. Gift, wäre das eine Lösung? Aber auch an Gift zu kommen war alles andere als einfach. Rattengift vielleicht? Ja, das könnte hinhauen. Das könnte sie sich besorgen, sie erinnerte sich daran, dass der Hauswirt einmal über eine Rattenplage im Keller gejammert hatte. Was eigentlich kein Wunder war, bei dem Zustand, in dem der Keller war. Jedenfalls müsste der Hausbesitzer noch etwas von dem Pulver haben. Eine weitere Möglichkeit wäre ein Messer, oder noch besser, ein spitzer Schraubenzieher. Je längere Elsa überlegte, desto mehr fiel ihr zu dem Thema ein: ein arrangierter Autounfall, ein Badeunfall, ein Flugunglück, ach, es gab so vieles, was passieren konnte. War es eigentlich wichtig für ihre Diät, auf welche Weise der Mord geschah? Wenn das mit dem Abnehmen nur funktionierte, wenn sie jemanden erschoss, dann nämlich wäre die Mühe mit den diversen anderen Methoden umsonst.

Elsa beschloss nun doch, nur um sicher zu gehen, sich eine Pistole zu besorgen. Das würde schwierig werden, doch irgendwie würde sie es schaffen. Erst kürzlich hatte sie in einem Krimi gelesen, dass man sich derartige Waffen in kleinen, miesen Kneipen am Rande der Unterwelt besorgen könne, vielleicht gar über die Mafia? Aber von denen kannte sie keinen, sie kannte überhaupt niemanden, der auch nur im entferntesten in Frage kommen konnte. Doch Elsa wollte nicht aufgeben, die 30 Kilo hatte sie sich nun fest eingebildet, die mussten runter, komme, was da wolle.

Und dann fiel Elsa etwas ein. Als ihre Eltern kurz hintereinander gestorben waren, hatten sie ihr nicht viel hinterlassen, lediglich einen abgeschabten Koffer mit Erinnerungsstücken. Den hatte sie damals ungeöffnet in einer Dachkammer hier im Hause abgestellt, sie war noch zu erschüttert gewesen, um sich mit diesen Dingen abzugeben. Irgendwann würde sie den Koffer öffnen. Im Laufe der Jahre hatte sie ihn jedoch total vergessen. Aber jetzt tauchte eine vage Erinnerung auf. Ihr Vater hatte vor ewigen Zeiten in der Armee gedient, und, wenn sie sich nicht sehr täuschte, hatte er beim Verlassen derselben einmal vor Freunden damit angegeben, dass er sich trotzdem noch jederzeit verteidigen könne. Er habe nämlich einen Revolver mitgehen lassen.

Elsa war stolz auf sich. Ihr Körpergewicht hatte zwar in den letzten Jahren erheblich zugenommen, doch ihr Verstand arbeitete noch tadellos. Nur durch gründliches Nachdenken war es ihr bisher gelungen, sozusagen vom Sessel heraus die wichtigsten Probleme anzugehen. Aber nun musste sie sich erheben. Ächzend stemmte sie sich hoch. Sie musste auf den Dachboden. Musste sie wirklich? Nein, es gab eine einfachere Lösung. Sie ergriff den Telefonhörer neben sich und wählte. "Ja, es geht mir nicht gut", sagte sie mit leiser, leidender Stimme, "ich brauche unbedingt den Koffer vom Dachboden, wären Sie so nett und...". – "Vielen herzlichen Dank", hauchte Elsa. Keine zehn Minuten später wurde an ihre Wohnungstür geklopft. "Da ist Ihr Koffer", sagte der Hauswirt und stellte das schäbige Ding vor sie hin. Elsa bedankte sich nochmals und versprach, sich für die Mühe demnächst erkenntlich zu zeigen. Der Hauswirt brummte nur vor sich hin und verließ eilig wieder die Wohnung. Keine Sekunde länger wollte er es in dem Mief aushalten. Er würde ihr kündigen müssen, es stank fürchterlich da drin. Aber solange sie die Miete pünktlich zahlte, konnte er nicht viel machen.

Elsa beugte sich über den Koffer. Die Schlösser waren eingerostet, sie brauchte etwas Öl aus der Küche. Mühsam stand sie auf. Wenn sie schon einmal hoch war, konnte sie sich auch gleich etwas zu Essen aus dem Kühlschrank holen. Sie schaufelte kaltes Wammerl auf einen Teller, legte ein halbes Weißbrot dazu, eine Dose Thunfisch, ein Käsestück und zum Nachtisch ein Stück fette Nusstorte. Außerdem Ketchup und eine Flasche Starkbier. Das alles stellte sie auf ein Holztablett. Elsa sorgte immer für mindestens 14 Tage vor, damit sie ihre Wohnung nicht so häufig verlassen musste. Die Flasche mit dem Öl kam ebenfalls auf das Tablett. Dann wankte sie zurück ins Wohnzimmer und ließ sich wieder in den Sessel plumpsen. Nachdem sie ein herzhaftes Stück aus dem Wammerl herausgebissen hatte, goss sie etwas Öl auf die verrosteten Schlösser des Koffers. Sie verrieb es mit ihrem Zeigefinger und während sie wartete, dass es ein wenig einzog, stopfte sie den Rest des Fleisches, vermischt mit Brocken von Weißbrot, in sich hinein. Nach einigen Minuten versuchte sie es wieder, sie drückte, presste, und fluchte. Endlich sprangen die Schlösser ächzend auf. Sie hatte es geschafft.

Als Elsa den Kofferdeckel zurückschlug, sah sie als erstes ein altes, vergilbtes Badetuch. Es war das Lieblingshandtuch ihrer Mutter gewesen. Ehemals hellblau, mit roten Kanten eingesäumt. Hässlich, hatte Elsa schon damals gedacht. Sie schlug das nach Mottenpulver stinkende Tuch zurück und wühlte sich durch den Inhalt des Koffers. Von Mäusen angenagte Fotoalben kamen zum Vorschein, Besteckteile, denen man nicht mehr ansah, dass unter der Schmutzschicht Silber war, kleine Aschenbecher aus allen möglichen Urlaubsorten, ein Rasierapparat, Schnürsenkel, kurz, jede Menge Kram. Ganz unten im Koffer wurde sie fündig. Elsa hielt den Atem an: da war er, der Revolver. Eingewickelt in einem Wachstuch, schwer und schwarz glänzend. Auch Munition lag in einer Schachtel daneben. Sie hatte sich nicht geirrt!

Elsa schnaufte vor Wonne und vor Anstrengung. Sie legte den anderen Krimskrams in den Koffer zurück, nahm eine Gabel voll Thunfisch in den Mund und legte den Revolver vorsichtig auf den Tisch neben sich. Dem Koffer versetzte sie, nachdem sie ihn mühsam wieder geschlossen hatte, einen Tritt, der ihn unter das gegenüberstehende Sofa beförderte. So, soweit so gut. Der erste Teil ihres Diätplans war geschafft. Sie hatte sich ihre Belohnung verdient. Sie genoss den Rest ihrer kleinen Mahlzeit und schob dann den Teller mit einem befriedigten Rülpser von sich. Vorsichtig nahm sie den Revolver aus der Verpackung. Sie drehte und wendete ihn in ihren fülligen Fingern. Wie ging man damit um? Unsicher untersuchte sie ihn, bemühte sich, die Funktion der verschiedenen Teile zu kapieren. War er geladen? Es gelang ihr, das Magazin herauszuziehen. Nein, es war leer. Da musste sie also die Kugeln, oder waren es Patronen, hinein kriegen. Momentan war die Waffe jedenfalls leer. Elsa füllte das Magazin und schob es wieder in den Revolver hinein. Sie erinnerte sich, dass ihr Vater einmal erklärt hatte, es könne überhaupt nichts passieren, wenn man nur den Sicherungshebel der Waffe richtig sichere. Wo war dieser Hebel? Elsa fand ihn und schob ihn in Position. Sie würde noch ein wenig üben müssen, vor allen Dingen, wie man zielte. Sie grinste vor sich hin und stellte sich vor, wie sie ihrem ungetreuen Liebhaber die Pistole an die Schläfe setzen würde. Und dann wäre sie bereits zehn Kilo leichter und ihn hätte das verdiente Schicksal erreicht. So einfach war das! Über das Verschwinden lassen der Leiche machte sie sich noch keine Gedanken, das würde sich schon ergeben. Ob sie das auch vom Sessel aus dirigieren könnte?

Elsa saß glücklich da, die Beine weit von sich gestreckt, der Bauch wölbte sich wie eine Kugel zwischen den Sessellehnen, ihre Hände streichelten selig die Pistole. Sie hatte viel vor. Gemächlich hob sie den rechten Arm mit der Hand, welche die Waffe hielt und drückte den Lauf an ihre Schläfe. Er fühlte sich kalt an, eiskalt. Eine köstliche Überraschung für die Männer, die ihr so übel mitgespielt hatten. Das würde sie lehren, sich über sie lustig zu machen, ja, das würde es. Elsa bedachte dabei nicht, dass diese Männer hinterher keine Chance haben würden, sich über ihr Fehlverhalten noch Gedanken zu machen. Sie schwelgte im Geiste in neuen Kleidern, mit schlankem Schnitt und in frohen Farben. Das alles würde sie bald haben, 30 Kilo weniger und die Welt stand ihr offen.

Immer noch hielt sie sich den Revolver an die Schläfe. Gedankenversunken betätigte sie den Abzug.

Der Hauswirt in der Wohnung unter ihr schrak zusammen. Was hatte die verrückte Irre da oben jetzt wieder angestellt, war sie geplatzt? Er würde nachschauen müssen.

# Weiß wie die Wand

Er wurde kalkweiß, weiß wie die Wand. Er musste in den Spiegel schauen, um sich davon zu überzeugen. Ob es das richtige Weiß war. Das Weiß, von dem jeder behauptet, dass man es bekäme oder werde? – was ist nun richtig? – auf jeden Fall weiß sollte es sein. Weiß wie die Wand. Warum nicht ein Weißer Riese Weiß? Das wäre auf jeden Fall überzeugend. Man könnte ganz viel von diesem Weiß haben, eine Packung reichte für tausendmal Erschrecken, das wäre doch was! Ob der Weiße Riese weiß, wie weiß sein Weiß ist?

Sein Erschrecken war vorüber, sein Gesicht wieder rosig, sogar etwas rötlich, von der Sonne, in der er gestern gesessen hatte. Warum hatte er eigentlich in der Sonne gesessen? Man kann nämlich gar nicht in der Sonne sitzen, dann säße man in einem rotglühenden Zirkel, eingetaucht in funkendes, glühendes, gleißendes, verzehrendes Licht. Es würde kein Mensch überstehen, "in der Sonne zu sitzen". Blödsinn.

Er hatte Hunger. Das Erschrecken führte bei ihm immer zu einem Hungergefühl. Er wusste jedoch, dass der Kühlschrank seit gestern leer war. Die Buttermilch hatte er aufgebraucht, aufgetragen auf seine gequälte Haut, zur Kühlung und zur Beruhigung. Er würde sich etwas kaufen müssen. Er ging die Treppe hinunter, die Wohnungstür ließ er hinter sich achtlos ins Schloss fallen. Schon wieder so etwas, eine Tür, die ins Schloss fällt. Er stellte sich das bildlich vor: Eine Tür fällt in Schloss Schwanstein, Schloss Schwanstein bricht zusammen. Armes Schloss.

Er kam zurück, eine Tüte in der Hand. Brot hatte er gekauft, einen Schinken im Stück, etwas Butter, Essiggurken. Sein Magen rumorte. Wie lange hatte er schon keinen Appetit mehr gehabt? Er wusste es nicht, zumindest so lange, wie er nicht mehr sein Erschrecken gehabt hatte. Also, mindestens eine Woche, oder gar länger? Er drehte den Türknauf und ging hinein. In die Küche, stellte die Tüte auf den Tisch. Der Schinken duftete. Er legte das Brot auf einen Teller, den Schinken auf ein Brett. Dann sah er sich suchend um. Wo war das große Brotmesser?

Es steckte noch dort, wo er es hin gesteckt hatte. Der Griff ragte bedrohlich aus dem Körper, der verkrümmt auf dem Boden der Küche vor der Spüle lag. Er sah auf die Leiche, sein Erschrecken kehrte zurück. Und damit auch sein Appetit.

# Die Ameise

F ranz war versehentlich auf eine Ameise getreten. Als er den Fuß wieder anhob, sah er das winzige Tierchen auf dem Straßenpflaster, es zappelte noch ein paar mal mit den Beinchen, dunkelrotes, rostfarbenes Blut war aus dem kleinen Körper ausgetreten. Franz verhielt den Fuß in der Luft, ein kalter Schauer lief ihm über den Rücken. Das arme Tier, er sollte es von seinem Leiden erlösen. Er zögerte jedoch noch, wagte es nicht, den Fuß noch einmal auf den verletzten Körper zu setzen.

In seinem ganzen Leben hatte Franz - und er war jetzt fünfzig Jahre alt - nie bewusst ein Tier getötet. Er hätte das nie über sich gebracht. Und nun passierte ihm das! Natürlich war er nicht absichtlich auf die Ameise getreten. Wo immer er ging und stand passte er auf, dass er weder kleine Insekten noch größere Tiere in Gefahr brachte. Selbst von Mücken ließ er sich lieber stechen, als diese mit einem Handschlag ins Jenseits zu befördern. Fliegen durften in seiner kleinen Wohnung ungestört auf der Leberwurst oder der Butter sitzen, nie jagte er sie davon. Einmal hatte er sogar eine Fliege aus dem Netz einer Spinne gerettet, ganz vorsichtig hatte er sie befreit, das Spinnennetz nur ganz unwesentlich beschädigt. Er wusste zwar, dass Spinnen sich auch irgendwie ernähren müssen, doch da er nun Zeuge dieses Aktes geworden war, war ihm nichts anderes übrig geblieben, als das Opfer zu befreien. Franz hielt sich für einen guten Menschen, der im wahrsten Sinne des Wortes keiner Fliege etwas zuleide tat.

Franz war ein gefragter Spezialist in seinem Beruf. Häufig wurde er in Situationen gerufen, in denen andere keinen Ausweg mehr wussten, sich nicht mehr selbst helfen konnten. Franz wusste immer Rat und außerdem ließ er auch Taten folgen. Er löste Probleme und verdiente nicht schlecht dabei. Zwischen seinen Einsätzen machte er lange Urlaub oder verbrachte die Zeit in seiner kleinen, nett eingerichteten Wohnung, um neue Energie aufzuladen. Franz hatte weder Freunde noch Freundinnen, geschweige denn eine Ehefrau. Das würde ihn zu sehr belasten. Außerdem wäre es sicherlich schwierig, eine Frau zu finden, die seine exzessive Tierliebe teilte. So blieb er allein und genoss es.

Er erinnerte sich flüchtig an seinen letzten Einsatz. Einzwanzigjähriger Junge, der seinen Eltern total auf den Geist ging. Sie hatten bereits alles versucht, um den hoffnungsvollen Knaben auf den richtigen Weg zu leiten, vergeblich. Der Vater hatte nur den letzten Ausweg gesehen, Franz zu rufen. Es war nie ganz einfach, mit Franz in Verbindung zu treten, man musste verschlungene Pfade beschreiten, bis man endlich eine Telefonnummer erhielt. Ein persönliches Treffen war ebenfalls ausgeschlossen, Franz erhielt lediglich ein Foto des Betreffenden, das an ein Postfach geschickt werden musste. Nach erledigter Pflicht wurde dann das Geld auf ein Nummernkonto überwiesen. Franz schrieb keine Rechnungen, zahlte auch keine Steuern, dafür waren seine Einsätze zu delikat. Dieser Junge jedenfalls hatte Franz einigen Ärger bereitet, bis er ihn da hatte, wo er hin sollte. Er hatte sich gewehrt, um sich geschlagen, geschrien. Franz hatte dann seine sprichwörtliche Geduld verloren. Als er da blutend am Boden lag, hatte er nicht gezögert, hatte seinem Leiden ein schnelles Ende gemacht.

# ... und wieder klingelt das Handy

Martin schrak zusammen. „Oh when the saints go marching in...". Der etwas blecherne Klingelton seines Handys ließ die Anfangstöne des uralten Hits erklingen. Nervös griff Martin nach dem silbern schimmernden Gerät. „Hallo?" Meldete er sich. Endlich rief ihn jemand an. Es hatte lange gedauert, seine Eltern zu überzeugen, dass man mit 16 Jahren ohne so ein Kommunikationsgerät völlig out wäre, ausgeschlossen aus der Gemeinschaft der Lebenden, ausgeschlossen von allen Gesprächen, die, zumindest in den Pausen, auch in der Schule nur per Handy von Bank zu Bank funktionierten. Und erst die Unzahl von Klingeltönen, die man sich auf das Teil laden konnte. Martin hatte sich für diesen Song entschieden, weil er sich von den anderen, modischen, unterschied und sozusagen zu Aktion aufforderte.

„Hallo? – Hey?" Fragte er noch einmal. Keine Antwort. Er schaute auf das Display. Unbekannte Nummer, wurde ihm mitgeteilt.

„Mist", brummte Martin, streichelte aber trotzdem über die silberne Handyschale.

Martin ging aufs Klo. Das Handy legte er auf die Ablage der Seifenschale, griffbereit. Man wusste ja nie. Und prompt, als er gerade nach dem superweichen, softigen Klopapier angelte, ertönte wieder „Oh when the saints go marching in..". Dieses Mal blinkte ein Name auf, okay, das war Sabine, eine heiße Nummer aus der letzten Bankreihe, immer super gestylt, Handyschale passend zum Outfit. „Hei, Bine", sagte Martin lässig und lehnte sich an den Klodeckel zurück. „Hei Martin", hauchte es aus dem Hörer, „Lust auf Kino?" – „Na klar doch", hauchte Martin männlich zurück. „Was für'n Film?" – Er konnte sein Glück kaum fassen. Hinter Bine waren alle her und bisher hatte sie ihn als handylosen Loser links liegen lassen. „Is doch egal, oder?"

Klar was das egal, auf den Film kam es im Kino nicht wirklich an. „Ich lad dich ein", sagte Martin großzügig und rechnete im Geiste seine paar Kröten durch. Konnte gerade so hinkommen. „Also, um – also so gegen halb 8 am Kino, oder?" Bine nickte, was er aber nicht sehen konnte und fügte dann ein „klaro" hinzu. Dann beendete sie die Verbindung. Martin grinste vor sich hin. Das würde ein klasse Abend werden.

Mit größter Sorgfalt suchte er seine Klamotten zusammen. Anti-Style Jeans, T-Shirt, passende Jeansjacke, Scheiße, seine Mutter hatte die wieder gebügelt, sie konnte es nicht lassen. Er schmiss die Jacke aufs Bett und setzte sich darauf. Das Handy klingelte – „oh when the saints ...". Weiter kamen die Heiligen dieses Mal nicht, Martin wurde immer schneller, erbarmungslos würgte er sie ab. Upps, das war ja eine SMS. Wer textete ihn da zu, wo er doch in Eile war? Er las: „verspäte mich vielleicht etwas, ciao Bine". Eiligst tippte er ein Okay ein und schickte die Nachricht ab.

Dann würde er eben einige Minuten warten auf die süße Bine, kein Problem für ihn. Als er gerade mit einem Bein in seinen Jeans steckte, erklang abermals „oh when the saints go marching in, oh... Dieses Mal hatte er nicht so schnell reagieren können. „Hei Martin", ließ sich eine coole Stimme vernehmen. Das war Udo, ebenfalls von den hinteren Bänken. „Bock auf Kino?" – Martin zögerte, dann sagte er doch: „Nee, bin schon mit Bine verabredet". Er hörte Udo schnauben und fügte hinzu: „sie hat mich zuerst gefragt". „Das war's dann wohl", gab Udo zurück und legte auf. Martin grinste vor sich hin.

Schon wieder, langsam artete das in Stress aus. Martin nahm ein weiteres Gespräch entgegen. Oh Gott, seine Mutter, jetzt konnte sie ihn ständig erreichen, na ja, man musste auch Nachteile in Kauf nehmen. „Martin, schau mal in den Kühlschrank, ob noch Milch da ist, wenn nicht, kauf noch welche, ja?" – Verdammter Mist, die Zeit wurde knapp. Er würde die blöde Milch einfach vergessen. „In Ordnung, Mam, sagte er und legte auf.

Nur Sekunden später klingelte das Handy wieder. Genervt ging er ran. „Hey Martin", erschallte die Stimme seines Banknachbarn, haste Mathe schon fertig?" – Martin hatte, zögerte aber etwas. Der Scheißer wollte wieder bei ihm abkupfern. „Noch nicht, sagte er, mach ich heute Abend". „schick mir die Lösung mit SMS", bestimmte der Scheißer und legte auf. Martin versuchte, in das zweite Bein seiner Jeans zu kommen. Es gelang ihm und fast hatte er die Hose zu, als die Heiligen wieder einmarschierten. Seine Mutter! „Martin, Geld für die Milch liegt in der Küchenschublade, falls du keins mehr hast". – „Geht klar", machte Martin knurrend.

Was für ein Gefühl das war, jederzeit und immer erreichbar, darin konnte ihn auch seine Mutter nicht beirren. Er war jetzt in, jawohl, er gehörte dazu. Eine Stunde hatte er noch Zeit, Zeit, sich seelisch und körperlich auf die bevorstehenden Genüsse vorzubereiten. Martin legte sich angezogen auf das Bett und ruhte. Er ruhte mindestens fünf Minuten lang. Dann marschierten sie wieder. Etwas seufzend griff er nach dem Handy. Eine SMS, vom Vertragshändler. Sie erhalten eine Gutschrift von 3 Cents pro... Martin löschte und legte sich wieder zurück. Wozu überhaupt? Das Handy klingelte. Er ließ die Saints ausmarschieren. Dann wurde er doch neugierig. – Unbekannter Anruf -. Komische Sache, hatte sich heute schon zweimal jemand verwählt oder was? Aschgeigen.

Martin ging ins Bad. Haarstyling war angesagt, obwohl, dank des pflegeleichten und coolen Haarschnitts war da nicht viel zu stylen. Gel rein, durchwuseln, zupfen und paletti. Er beäugte die Seifenschale, das Handy lag dort. Und rührte sich nicht. Seit mindestens fünfzehn Minuten kein Anruf, keine SMS, kein gar nichts. War das Teil kaputt? Nein, Gott sei Dank nicht. Es klingelte. „Ja?" – „Vergiss das Kino, Alter", krächzte es aus dem Apparat. „Wer ist das, hey?" – „Vergiss es einfach". Martin schaute auf die Nummer auf dem Display. Keine Ahnung, kannte er nicht. „Was soll der Scheiß?" – Der Krächzer hatte schon aufgelegt.

Verärgert zog Martin seine jetzt anständig zerknautsche Jeansjacke an und stopfte sein Handy, ohne die silberne Oberschale zu streicheln, in die Jackentasche. Die Wohnungstür knallte er hinter sich zu. Auf dem Gehweg stolperte er. „Oh when the saints go marching in... In hohem Bogen flog das Handy auf die Straße. Martin setzte hinterher, ergriff es und drückte auf Empfang. „Hallo?" Waren seine letzten Worte. Die knirschenden Reifen Landrovers überrollten ihn und löschten auch die letzte Kommunikation aus.

# Gänsehaut

Er liebte das Gefühl: wenn es ihm so eiskalt den Rücken herunterlief, sich die feinen blonden Härchen auf seinen Armen aufstellten, der Kopf kühl wurde und prickelte. Gänsehaut.
Schon als Kind hatte er dieses besondere Gefühl genossen. Wann immer seine Mutter nicht aufgepasst hatte, zog er im Winter seine Handschuhe aus, nahm die Mütze vom Kopf, einmal hatte er sogar Stiefel und Strümpfe ausgezogen und war barfuss über die Eisplatten im Vorgarten gelaufen. Dann begann der begehrte Schauer, fast fühlte er, wie sich die Haut zusammenzog, sich mit kleinen pickeligen Eispunkten überzog, den Rücken krümmte, die Haarspitzen auf dem Kopf aufstellte. Damals war er ungefähr vier Jahre alt gewesen.

Inzwischen hatte sich einiges verändert. Er hatte seine Wahrnehmungen verfeinert. Es gab einen kleinen, aber wichtigen Unterschied: da war einmal die angenehme und einmal die unangenehme Gänsehaut. Für die letztere hatte er sich eine Liste zusammengestellt. Unangenehm, ja geradezu verletzend, waren Geräusche wie kratzende Kreide auf einer Schultafel, ein ausrutschendes Messer auf einem Teller, die Räder der Straßenbahn in einer Kurve, das Auskratzen eines Topfes mit einem Metalllöffel. Diese Dinge und noch einige andere ließen seine Zähne aufkreischen, ein hilfloses Gefühl überkam ihn und er zog sich innerlich zusammen. Es dauerte immer einige Minuten, bis das hilflose Gefühl, das sich in derartigen Situationen einstellte, vorüber war.

Doch das war nichts, absolut nichts, gegenüber der angenehmen Gänsehaut, die immer ein euphorisches Gefühl, fast ein orgiastisches Erbeben, in ihm auslöste. Sie ließ ihn fast abheben, sich auflösen, sein Gehirn weitete sich und er wollte, das es nie aufhöre.

Diese Empfindung stellte sich jedoch nicht auf Abruf ein. Äußerliche Kälte wie in seinen jungen Jahren das Laufen auf Eisplatten zeigte keine Wirkung mehr. Jedoch hatte er bemerkt, dass die kleinen Tierquälereien, wie zum Beispiel einer Fliege die Flügel ausreißen, zumindest einen kleinen Gänsehautanfall auslösten. Bald langweilte ihn auch das. Er begann, seine Mitschüler heimlich zu drangsalieren, ihnen unbemerkt Fallen zu stellen, sie vorzuführen. Wenn sie sich dann in peinlichen Lagen verzweifelt wanden, stellte sich eine Hochgefühl-Gänsehaut ein, die sogar einige Minuten anhielt.

Nach dem Abitur studierte er Jura. Er war beliebt bei seinen Kommilitonen, immer hilfsbereit, immer gut aufgelegt. Unter dieser Tarnung konnte er seinen lustvollen Taten nachgehen. Der erste Kuss, den er einer Mitschülerin am Gymnasium abgerungen hatte, verschaffte ihm eine Gänsehaut, wie er sie noch nie erlebt hatte. Doch wenn er freiwillig zurück geküsst wurde, brachte ihm das rein gar nichts. Manchmal überlegte er, warum er ein Gänsehaut-Fetischist war, lag das an seinen Genen? War seine D N A derartig programmiert? Letztendlich war es ihm egal, was er brauchte, war dieses herrliche, alles in den Schatten stellende Gefühl.

Er wurde Staatsanwalt. Streng, aber gerecht. Nahezu jede Verhandlung brachte ihm jetzt die lebensnotwendige Gänsehaut. Wenn er ein besonders hartes Urteil durchsetzen konnte, konnte er sich minutenlang seinen Gefühlen hingeben, in einer wunderbaren Gänsehaut schwelgen, sie dank eiserner Selbstbeherrschung erst ganz langsam abklingen lassen. Ein Blick in das Gesicht der Verurteilten ließ sie manchmal in Intervallen wiederaufklingen. Er hatte seinen Beruf, nein, seine Berufung gefunden.

Nach einigen Jahren bemerkte er, dass seine Gänsehaut-Intervalle länger wurden. Es reichte nicht mehr. Lebenslang ließ sich nicht mehr so häufig vertreten, warum, ach, verdammt, gab es die Todesstrafe nicht mehr? So eine Hinrichtung würde ihn bestimmt zu Höchstgenüssen führen, wenn es sie denn gäbe.

Und warum eigentlich nicht? Er ging vorsichtig vor, beherrschte sich. Nachdem er so einige Fälle erledigt und dem Staat Kosten erspart hatte, entschloss er sich zu einer Reise in die Arktis. Er kehrte nicht zurück, die eisigen Wasser hatten ihn festgehalten, ihm die ultimative Gänsehaut beschert, ein Gefühl, ein Spüren, eine unendliche Wonne, nie da gewesenes auf der Haut, unirdisch, ein tödliches Glück.

# Anmache

Helmut ging gerne auf Faschingspartys. Er genoss den Trubel, die vielen witzigen oder auch blöden Kostüme – er ging immer als verwegener Pirat – und die heiße Musik. Mit den Füßen klopfend stand er meist am Rande der Tanzfläche und sah dem Gewimmel neidvoll zu. Er kapierte es nicht: warum konnte er nicht wie alle anderen eine der herum schwirrenden Fantasiegestalten anbaggern und nach einer angemessenen Tanz- und Drinkperiode abschleppen? Irgendwie schafft er es nicht, mit einem lockeren Spruch auf den Lippen auf die Damen zuzugehen. Und selbst wenn er es einmal schaffte, blitzte er gleich wieder ab. Mist verdammter! So schlecht sah er doch gar nicht aus. Blonde Haare, kurz gestutzt, eine quer über die Stirn verlaufende Narbe, verursacht durch einen Radunfall, die ihn verwegen aussehen ließ, dunkelblaue Augen und eine gerade Nase, die hatte schließlich auch nicht jeder.

Suchend blickte Helmut sich um. Er sah eine zierliche Blondine, als Engel verkleidet, die erschöpft vom Tanzen auf ein Tischchen zueilte. Sie ließ sich auf einen Stuhl plumpsen und griff nach der Zigarettenschachtel, die neben dem Weinglas lag. Sie öffnete sie, blickte enttäuscht auf und schüttelte verärgert den Kopf. „Scheiße" sagte sie so gar nicht engelhaft. Helmut griff in seine Hosentasche und eilte währenddessen bereits auf den Engel zu. Er riss seine Schachtel heraus und bot ihr eine Zigarette an: „Darf ich aushelfen?" Er durfte. Und anschließend durfte er ihr sogar noch einen neuen Drink ausgeben. Helmut schöpfte Hoffnung. Das ließ sich ja gut an. Doch dann eilte ein ekelhaft gut aussehender Cowboy auf das süße Engelchen zu und umarmte sie, nicht ohne zuvor einen vernichtenden Blick auf Helmut geworfen zu haben. Der schlich sich.

Aber jetzt hatte er ein Konzept. Er hielt sich nicht mehr am Rande der Tanzfläche auf, sondern schlenderte, eine Hand in der Hosentasche, die Zigaretten griffbereit, zwischen den Tischen umher. Seine Narbe auf der Stirn glühte in zarten Rosatönen, so aufgeregt war er. Und schon hatte er sein nächstes Opfer entdeckt: eine Carmen dieses Mal, wunderschön mit einer roten Rose im Haar. „Darf ich aushelfen?" Fragte Helmut und zückte wieder seine Zigarettenschachtel. Carmen zuckte mit den Schultern: „Na Ja, ist zwar nicht meine Sorte, aber in der Not...".

Helmut setzte sich zu Carmen und rauchte mit. Auch sie war einem weiteren Drink nicht abgeneigt. Sogar auf die Tanzfläche durfte Helmut sie begleiten. Er schwebte sozusagen im siebenten Himmel. Na also, geht doch, dachte er und näherte seine Lippen Carmens duftendes Haar. Sie schrak zurück: „was fällt dir denn ein? Glaubst wohl, mit einer Zigarette, einem Drink und so ist alles inbegriffen?" Sie machte sich los und entschwand.

Helmut war irritiert. Das hatte sich doch so gut angelassen, was sollte das jetzt? Blöde Zicke, entschied er und machte sich erneut auf die Suche. Bereits nach einigen Minuten wurde er wieder fündig. Allerdings hatte er in seiner Hast übersehen, dass da zwar eine Zigarettenschachtel auf dem Tisch lag, diese jedoch noch gut gefüllt war. Helmut setzte an: „Darf ich... ". ? Im selben Augenblick bemerkte er seinen Fehler. Aber er fuhr fort: „um eine Zigarette bitten?" Die frech anzuschauende Teufelsdame nickte und gab ihm sogar Feuer. „Einen Drink?" Fragte sie und schob, ohne eine Antwort abzuwarten, ihr bisher unberührtes Glas auf Helmut zu. Der konnte sein Glück kaum fassen und nahm einen tiefen Zug. Kaum hatte er das Glas wieder abgesetzt, ergriff die Teufelin seinen Arm, lehnte sich vertrauensvoll an seine Brust und flüsterte: „Geh'n wir a bisserl an die frische Luft?" – „Aber klar, meine Teuflische", flüsterte Helmut verwegen zurück und ließ sich in die kleine Sackgasse hinter der Faschingsdisco entführen. Ihm war ganz seltsam zu

Mute, kein Wunder, soviel Erfolg an einem Abend! Ihm wurde richtig schwach, als er der Höllendame in die schwarzen Augen blickte und fast darin versank.

Und richtig schwach wurde ihm, als er am nächsten Morgen zitternd und ohne eine müde Mark in seiner Piratentasche im Rinnstein erwachte.

# Der Frauenfeind

W erner hasste die Weiber. Allesamt, in Bausch und Bogen. Sie waren zu nichts nutze, zu rein gar nichts. Abgesehen davon, dass man sie für niedere Arbeiten zur Not einsetzen konnte, zum Beispiel für das Bügeln seiner stets blütenweißen Hemden, seiner Hosen mit den messerscharfen Bügelfalten, oder dazu, sein neuestes Werk auf der Schreibmaschine für ihn abzutippen. Denn Werner war Schriftsteller.

Über die Erlebnisse seiner unfreundlichen Kindheit schrieb er jedoch nicht. Bereits seine Mutter hatte den Hass auf alles Weibliche in ihm geweckt, hatte von ihm Dinge verlangt, die man vielleicht von gewöhnlichen Kindern hätte verlangen können, Zimmer aufräumen, für die Schule lernen, sich mit anderen anfreunden, mit den Mitmenschen höflich umzugehen. Das alles hatte sie von ihm gewollt und noch vieles mehr. Von ihm, den angehenden Genie. Werner litt schweigend vor sich hin, vertraute sich niemandem an. Er versank dafür in der Welt der Bücher, wobei er Biographien berühmter Leute bevorzugte. Das war seine Welt und darüber schrieb er. Mit peinlicher Akribie trug er Fakten über das Leben dieser Berühmtheiten zusammen, Fakten, die andere vor ihm unverantwortlicher weise übersehen hatten. Er stellte neue Thesen über das Leben und Lieben von Männern auf, denen er uneingeschränkte Bewunderung zollte, Männern, die wie er unter der Vorherrschaft der Weiber übel gelitten hatten.

Werner reichte seine Werke, die allerdings auf einen sehr beschränkten Leserkreis abzielten, bei verschiedenen Verlagen ein. Er stellte sich der Herausforderung, bei Autorenwettbewerben mitzueifern, jedoch wurde seine ganze Mühe und seine intellektuelle Kunst missachtet. Wieder waren es die Weiber, die ihm die Preise wegschnappten, die von rechts wegen ihm zugestanden hätten.

Gäbe es keine Weiber auf der Welt, dann würde jeder Mensch sein Genie kennen und erkennen, aber nur, weil diese widerliche Gattung Mensch (die man eigentlich nicht so bezeichnen sollte) sich immer in den Vordergrund drängte, musste Werner mit dem Hintergrund vorliebnehmen. Man sollte sie ausrotten, allesamt, das war sein heißester Wunsch.

Es gelang Werner dennoch, hin und wieder eines seiner peniblen Werke dem Publikum vorzustellen. Selbst Lesungen konnte er vor einem kleinen, aber feinen Kreis veranstalten, es erfüllte ihn mit Genugtuung, dass sogar die Presse Besprechungen seiner literarischen Tätigkeit auf der letzten Seite der Sonntagszeitung erscheinen ließ. Nichts desto weniger trotz, daneben wurden oft Bücher der neuen deutschen Frauenliteratur besprochen, und diese Kritiken enthielten meistens mehr Zeilen als die über ihn. Weiber! Werner erstickte fast an dem Wort.

Aber eines wusste er genau: Wenn er eines Tages berühmt sein würde und ihm die ganze Welt seufzend zu Füßen läge, dann würde er seinen Angriff starten, dann sollten sie alle unter seinen männlichen Tritten erschauern. Und dann fände er auch den Herzensfreund, nach dem er sich sehnte, der jedoch unglücklicherweise mit einer dieser unaussprechlichen Personen verbunden war, um nicht das scheußliche Wort "verheiratet" zu benutzen. Aber dann, wenn sein Stern hell erstrahlen würde, dann, ja dann, würde sein Herzensfreund mit fliegenden Fahnen zu ihm überlaufen und das Weib ein Weib sein lassen.

Werner lebte nur für sein Endziel, für die Endlösung. Er schrieb und recherchierte, recherchierte und schrieb. Sein Talent wurde nach und nach gewürdigt, doch immer noch war er weit von seinem Ziel entfernt. Nach wie vor machten ihm die Weiber einen Strich durch die Rechnung, sie waren überall, sie saßen in Lektoraten, waren sogar Besitzerinnen von Verlagen, bei denen er seine Manuskripte einreichte, blockierten als Bankangestellte sein überzogenes Konto, kurzum, sie waren eine Pest. Wehmütig dachte Werner über einzurichtende Arbeitslager nach, man könnte ja die Hemden zum Bügeln dort hinschicken. Was die Fortpflanzung der Menschheit anbetraf, da bestand durchaus die Möglichkeit, dies auf die Reagenzebene zu verlagern, wobei die weiblichen Föten ausgemustert werden müssten. Werner hatte sich einem hehren Ziel verschrieben und scheute auch nicht davor zurück, sich zu diesem zu bekennen.

Eines Nachts hatte Werner den schrecklichsten Traum seines Lebens: Er stand an einem Lesepult und setzte gerade seine Lesebrille auf, strich sein Haar glatt, rückte seine gepunktete Fliege zurecht, hob geziert den kleinen Finger, an dem ein großer Brillant glitzerte und machte seinen Mund auf, um mit der Lesung zu beginnen. Erwartungsvolle Augen blickten ihn an, der Saal war bis auf den letzten Platz gefüllt. Nur Männer saßen da, Männer, die ihm zuwinkten, ihn ermutigten, ihn anbeteten. Er nahm sich vor, nach der Lesung den kleinen Blonden in der ersten Reihe anzusprechen, der ihn aus glühenden Augen verzehrend anschaute. Werner begann. Er las und las und las, kaum, dass er Zeit hatte, zwischendurch zu atmen. Stille lag über dem Saal, Werner meinte, die Spannung zu verspüren, die alle gefangen hielt. Las er doch über das Küchenmädchen, das dumme Ding, das Goethe in seiner Zeit in Weimar angehimmelt hatte und für das der berühmte Poet nicht einmal einen Blick übrig gehabt hatte. Diese Tatsache schien seinen Kollegen bei ihren Recherchen entgangen zu sein, und das ließ tief blicken. Werner war eben gründlicher gewesen und hatte, hocherfreut, erstaunliche Schlüsse ziehen können.

Tosender Applaus brach nach der Lesung los. Wie aus einer Trance schaute Werner von seinem Manuskript hoch. Dann brach ihm der kalte Schweiß aus. Da waren keine Männer im Saal, kein einziger! Ein Meer von Weibern saß da, brüllte, pfiff und trampelte mit den Füßen. Pfui - Rufe erschallten. Was Werner für Applaus gehalten hatte, waren Buhrufe, man verriss sein Werk, missachtete seine Kunst. Werner sank hinter dem Lesepult zusammen. Trotz seiner Jugend hatte ihn ein Schlaganfall ereilt.

Als Werner aus diesem Alptraum erwachte, war er immer noch schweißgebadet. Mühsam erhob er sich von seinem Bett. Er kleidete sich sorgfältig an, befestigte eine ungebärdige Locke mit Gelaantine und ergriff seinen Stockschirm. Er verließ das Haus noch im Morgengrauen. Wie benebelt torkelte er durch die erwachende Stadt. "Nieder mit den Weibern", brüllte er und schwang seinen Schirm. "Alle Macht den Schwänzen", schrie er und öffnete seine Hose.

Wegen Erregung öffentlichen Ärgernisses wurde Werner in eine Anstalt verbracht. Dort war er endlich glücklich, gab es doch in seiner Abteilung nur Männer. Einen Bleistift und ein Stück Papier erhielt er auch. Doch sein Innerstes musste einen massiven Knacks bekommen haben: denn Werner malte Weiber auf sein Papier, viele, viele Weiber!

# Novemberblues

Jedes Jahr, wenn die sanften goldfarbenen Strahlen der Oktobersonne, die in den letzten Tagen dieses Monats die welkenden Blätter noch einmal berührt haben, verschwinden und dem Novembernebel weichen, dann ist es an der Zeit, mich zu erinnern.

Ich zelebriere den ersten Tag im November. Nein, ich gehe nicht „aufs Grab" wie man bei uns sagt. Da ist kein Grab, auf das ich gehen könnte. Der Ausdruck ist dumm, wenn man schon irgendwo hin geht, dann nicht aufs Grab, sondern ins. Aber weder das eine noch das andere tue ich, denn da ist nichts, kein fester Ort der Erinnerung, kein grabgesteckgeschmücktes Rechteck, kein mit Geburts- und Sterbedaten versehener grauer Granit.

Um diesen Tag feierlich zu gestalten, muss ich in mir selbst einen Altar errichten. Ich sehe ihr Gesicht vor mir: die langen dunkelblonden Haare, durchsetzt von helleren Strähnen (ich habe nie herausgefunden, ob diese echt waren, die Zeit war zu kurz). Ich blicke in die fast hellblauen Augen, die mich an einen Sommerhimmel erinnerten, die sich bei Ärger verdunkelten, wie dunkle Wolken kurz vor einem drohenden Regensturm. Zwischen den dichten Wimpern quellen Tränen hervor. Doch das habe ich nur einmal gesehen. Ich sehe ihre blitzenden Zähne zwischen den rot gefärbten Lippen. Ich höre ihre Stimme, ich höre sie sagen: „Du willst das nicht wirklich tun, oder?" Meine Antwort höre ich nicht mehr genau, vielleicht habe ich etwas wie: „doch, will ich", oder so gesagt. Egal.

Ich fühle ihren weichen, dennoch nicht nachgiebigen Körper. Ihre angespannten Muskeln, ihr Fleisch, kühl unter meinen Novemberhänden. Wir laufen ein Stück weiter.

Das Laub, feucht und glitschig, behindert unseren Gang. Von den Bäumen tropft es in unsere Nacken. Ich halte ihre Hände, fest, ganz fest. Ich will sie nie wieder loslassen, ich werde sie nie wieder loslassen. Weit und breit kein Mensch außer uns beiden. Die Dämmerung bricht an, es wird Zeit.

Der zarte rote Faden, der sich um ihren weißen Hals legt, leuchtet wie ein Rubinhalsband. Er breitet sich langsam aus und verliert die grazile Form. Sie will noch etwas sagen, ich verstehe sie nicht. Sie sollte jetzt glücklich sein.

Langsam nehme ich ein Taschentuch aus meiner Jackentasche, putze das Messer ab und wickle es dann darin ein. Es wird meiner Erinnerung dienen.

So kurz haben wir uns gekannt, nur einige Minuten mögen es gewesen sein, doch für eine sehr lange Zeit werde ich mich jedes Jahr wieder erinnern, genauso, wie auch an die anderen.

# Der Staubsaugermann

Sie hatte es schon wieder getan. Immer machte sie so etwas. Es nervte. Ach so, ja, sie hatte, wie schon des öfteren, einen Staubsaugervertreter zu einer Vorführung eingeladen. Im Grunde genommen nichts Schlimmes, aber sie wollte, dass ich dabei war, was ich wiederum nicht so besonders wollte, aber es blieb mir nichts anderes übrig, da sie einen Zeitpunkt ausgemacht hatte, an dem ich nichtsahnend daheim vor dem Fernseher saß.

Der Staubsaugermann keuchte die Treppe hinauf, zwei schwere Taschen hinter sich herziehend und entsetzt den Kopf schüttelnd. „Zwei Stockwerke, eigentlich drei", keuchte er, „und kein Lift".

Sie führte ihn ins Wohnzimmer, warf einen Blick auf ihre Uhr und beschied dem bereits sichtlich gestresstem Mann: „Eine halbe Stunde gebe ich Ihnen". Entsetzt warf er die Hände in Richtung Wohnzimmerdecke und schnaufte: „das schaffe ich nie". – „Ihr Problem", sagte sie kühl, „ich habe ihrer Firma gesagt, dass ich nicht mehr Zeit habe, beziehungsweise wir", fügte sie mit einem Seitenblick auf mich zu.

Der Staubsaugermann packte aus. Während dieser Zeit sprach er unentwegt über das Wundergerät, das wir gleich erleben sollten. Mir wurde es zuviel: „was für ein Gerät ist das überhaupt und warum sagen Sie nicht einfach Staubsauger?" Er warf einen schockierten Blick in die Runde. „Dieses Gerät ist nicht nur ein Staubsauger, wie können Sie so etwas sagen. Sie werden gleich sehen, was damit alles gemacht werden kann. Er werkelte weiter und murmelte dabei vor sich hin: „eine halbe Stunde, Wahnsinn, das geht nicht, geht einfach nicht, was soll das werden!" Der Schweiß tropfte ihm von der Stirn.

Sie blickte auf die Uhr. „Sie haben noch 20 Minuten". Mir war das peinlich, aber auf die Nerven ging mir der Typ auch. Nun wandte er sich an mich: „Holen Sie doch mal ihren alten Staubsauger her". Ich tat ihm den Gefallen. Allerdings war ich leicht befremdet als er mich aufforderte: „jetzt fahren Sie mal auf dem Teppichstück hier hundert Mal hin und her". Nach dem zehnten Mal streikte ich, langsam kam ich mir dämlich vor. Nun konnte er sein Wundergerät zur Geltung bringen, mittels eines vorgelegten Filters bewies er uns, dass wir in einem richtigen Saustall wohnten. „Sie halten wohl nicht so viel von Hygiene?" Warf er uns herablassend zu.

Sie schnaubte ärgerlich: „was für ein Wunder, dass die Welt bisher ohne dieses Teil überleben konnte". Wir kamen in den Genuss, die weiteren Wunder dieses – um Gottes Willen – nicht Staubsaugergerätes zu bewundern. Auf dem Teppich häuften sich die runden weißen Filterscheiben, die jetzt alle einen mehr oder minderen Grau- bis Schwarzton aufwiesen. Auch auf die Milben in unserem Bett wäre er gerne los gegangen, aber sie mahnte wieder: „noch zehn Minuten!"

Ächzend bückte er sich, um ein weiteres Teil an das Gerät anzuschließen. „Sie werden sehen, so sauber war es noch nie bei Ihnen". Ich schluckte, eine Frechheit war das von diesem Typ, eine absolute Frechheit. Ich richtete mich gerade auf und machte mich bereit, ihn beim Kragen zu packen und postwendend aus der Wohnung zu befördern. Gerade richtete er sich wieder auf und trat auf das Pedal, das dieses Wundergerät wieder in emsigen Betrieb setzen sollte. Heulend nahm es seinen Dienst auf. Er bückte sich und fuhr mit der Hand unter die Eintrittsöffnung. Sollte das Ding etwa auch zum Händewaschen gut sein?

Plötzlich heulte das Gerät kreischend auf. Die Hand verschwand, dann der Arm, dann – wie in Zeitlupe – der Staubsaugermann.

Sie war kreidebleich geworden. Ich blickte sie an. Dann blickte ich auf das Gerät.

# Die Hausbesetzer

K ommissar Werner Michalsky stand kurz vor seiner Pensionierung. Nur noch wenige Wochen trennten ihn von endloser
Freizeit und neuem Hobbyglück. Er war ein begeisterter Radfahrer,
doch seine Arbeit hatte ihm in den letzten Jahren, überhaupt in all
den Jahren, nicht viel Zeit für lange Radausflüge gelassen. Nicht
einmal Zeit dazu, eine Familie zu gründen. Hin und wieder hatte er
eine Freundin gehabt, doch zu mehr war es nie gekommen. Dennoch hatte er, sooft es möglich war, mit seinem geliebten Rennrad
trainiert. Kommissar Michalsky war toll in Form, trotz seiner fast
60 Jahre.

Das Telefon auf seinem Schreibtisch läutete. Eine aufgeregte Frauenstimme klang an sein Ohr, laut und eindringlich. Er hielt den
Hörer etwas von seinem rechten Ohr weg. "Bitte wiederholen Sie
noch einmal Ihren Namen", sagte er, "ich habe Sie nicht richtig
verstanden. "Mein Name ist Frau Meinholding, von Meinholding,
und ich will, dass Sie sofort etwas unternehmen, sofort und auf
der Stelle!" Kommissar Michalsky unterbrach sie: "Sagen Sie mit
bitte genau, worum es sich handelt", sagte er langsam und deutlich, "damit ich mir ein Bild machen kann". Er glaubte nicht, dass
es sich um Mord oder irgend etwas Bedrohliches handelte, sonst
hätte die Dame bei ihrer Namensnennung nicht noch auf das
"von" bestanden. Frau von Meinholding seufzte ungeduldig: "Ich
bin gerade von einer längeren Auslandsreise zurückgekommen,
Sie wissen schon, Spanien, Italien, Griechenland..". Die Aufzählung ging noch eine Weile weiter. Michalsky wusste nicht, er hatte
es sich nie leisten können, ausgedehnte Reisen zu machen. Er wartete, bis sie mit der Aufzählung fertig war. Dann kam es. "Ich ließ
mich von meinem Chauffeur nach Hause fahren, in mein Chalet".
Michalsky nickte wissend vor sich hin, selbstverständlich, in ihr
Chalet! Die Dame fuhr fort und ihre Stimme drückte die Fassungs-

losigkeit aus, die sie überkommen hatte: "Es waren fremde Leute in meinem Haus, Hippies oder so etwas, alles ist verdreckt und die Möbel in einem Zustand (Kommissar Michalsky hörte direkt die diversen Ausrufungszeichen)... Sie müssen sofort kommen und dieses Pack hinauswerfen, sofort!" - "Haben Sie und Ihr Chauffeur die Leute nicht aufgefordert, das Haus zu verlassen?" Fragte er langsam. "Natürlich", fauchte Frau von Meinholding, "aber diese, diese, diese Typen haben sich geweigert". Vor lauter Aufregung stotterte sie. "Nennen Sie mir Ihre genaue Anschrift", sagte Michalsky energisch, "ich schicke dann einen Beamten vorbei. Sie können eine Anzeige wegen Sachbeschädigung machen". Er notierte sich die Angaben auf einem Zettel, ebenso wie die Anschrift des Hotels, in das sich die Dame Meinholding zurückgezogen hatte, und legte auf. Nachdenklich starrte er auf die Anschrift. Ja, genau darauf hatten sie gewartet, endlich war es soweit. Er rief nach seinem Assistenten. "Ist unsere Hippie-Truppe im Meinholding Haus auf etwas gestoßen?" Fragte er. Jojo Maissberg grinste. "Im Haus selbst nicht", erklärte er, "aber gerade kam auf der anderen Leitung ein Anruf. Die Dame von Meinholding hat in der Aufregung vergessen, dass ihr Chauffeur das Gepäck bereits aus dem Wagen geladen und in der Vorhalle abgestellt hatte. Unsere Undercovers haben sich sofort darüber hergemacht". Er grinste. "Und..". ? Drängte Kommissar Michalsky. "Tja, was soll ich sagen, Jojo strahlte über das ganze, runde Gesicht. "Sie haben eine Menge Stoff gefunden, das würde ausreichen, um eine mittlere Großstadt high zu machen". Der Kommissar klopfte Jojo auf die Schulter. "Dann war unser Verdacht doch richtig", sagte er. "Wer kann sich schon ausgedehnte Auslandsreisen leisten, wenn man nur eine kleine Rente bezieht und große Ansprüche stellt".

# Eine seltene Perle

Direktor Markmann und seine Frau konnten sich glücklich schätzen, so jedenfalls meinten Freunde und Feinde. Sie hatten eine Perle von einer Haushaltshilfe gefunden, völlig unverdientermaßen. So jedenfalls flüsterten Freunde und Feinde, die alle auf ihre Art vor allen Dingen Direktor Markmann nicht ausstehen konnten. Sie ging ja noch, aber er! Und nun hatte also dieses Musterehepaar an Raffgier und schlechten Manieren eine Haushaltshilfe gefunden, nach der sich die anderen alle zehn Finger abschlecken würden.

Direktor Markmann verriet nicht, wie er zu diesem Musterstück an Ordnung, Geduld und Sauberkeit gekommen war. Nein, eine Anzeige hatte er nicht aufgegeben. Nein, sie war ihm auch nicht von irgend jemandem empfohlen worden. Nein, sie war auch nicht seine uneheliche Tochter (bei dieser Aussage schüttelte er verächtlich den Kopf und rümpfte die Nase.) Frau Direktor lächelte nur leise vor sich hin. Sie ließen alle im Dunkeln stehen, obwohl es nun wirklich nichts besonderes war, eine Haushaltshilfe zu haben, die ihre Arbeit gut verrichtete, zudem noch ziemlich jung war und sich in jeder Hinsicht anstellig zeigte. Diese letztere Hinsicht verübelte Frau Direktor ihrem Gatten nicht, ließ er sie doch dafür in Ruhe ihre eigenen Wege gehen.

Die Monate vergingen, immer noch war der Haushalt Markmann in mustergültiger Ordnung, die Freunde und Feinde hatten sich beruhigt und fragten nur noch ab und zu sich selbst, wie man an ein derartiges Goldstück geraten könnte. Markmanns würden ihr Geheimnis ja doch nicht preisgeben. Konnten sie auch nicht, denn die Haushaltshilfe war illegal im Lande. Direktor Markmann hatte sie dabei erwischt, dieses bildhübsche Mädchen aus Polen, wie sie in der Garderobe eines angesehenen Speiselokals die Manteltaschen der Gäste durchwühlte. Er hatte ihr Handgelenk gepackt, sie brutal zu sich an die Brust herangezogen und ihr mit kalter, beherrschter Stimme befohlen, ihm in eine Seitengasse zu folgen. Das Mädchen, das ohne einen Akzent Deutsch sprach und verstand, war blass geworden und ihm gefolgt. Sehr schnell hatte er herausgefunden, dass sie keine Aufenthaltsgenehmigung hatte. Markmann ergriff die Gelegenheit, am selben Morgen hatte die Markmannsche Hausgehilfin gekündigt und war auf und davon, die x-te in einer langen Reihe von Damen, die es nicht lange in diesem Haushalt ausgehalten hatten. Marga, wie er sie kurzerhand taufte, sollte diese nicht sehr gefragte Position einnehmen. Dafür würde er sie auch nicht der Polizei melden, die sie mit unabänderlicher Gewissheit sofort ausweisen würde. Sie dürfte im gelobten Land bleiben, vorausgesetzt, sie verhalte sich anständig und willig. Selbst ein Taschengeld sollte sie bekommen und einen eigenen Schlafplatz. Wen sie sich dann bewährt habe, würde er, Direktor Markmann, dafür sorgen, dass es ihr gut ginge.

Marga, die eigentlich Maria hieß, ließ stimmte demütig zu. Ja, sie würde alles tun, was man von ihr verlange, wirklich alles, wenn sie nur in Deutschland bleiben dürfe. Sie zitterte und schaute ihn mit großen, dunklen Augen, in denen die Tränen schimmerten, an. Markmann grinste innerlich, äußerlich setzte er sein gut durchtrainiertes, kaltes, geschäftsmäßiges Gesicht auf und wiederholte noch einmal seine Drohung: "Du wirst dich anstellig erweisen und wir werden sehen".

Frau Markmann war zwar etwas verblüfft, als ihr Gatte am selben Abend mit einem Mädchen im Schlepptau erschien, das er als eben angeworbene neue Kraft für den Haushalt vorstellte, jedoch war sie nur zu froh, von dieser lästigen Aufgabe, sich um Personal zu kümmern, befreit zu sein. Sie zeigte Marga das ihr zugedachte Zimmer, ein kleiner Raum unter dem Dach, der allerdings außer einem Bett, einem Stuhl und einem Schrank sogar eine eigene kleine Duschnische aufwies und ein separates Waschbecken nahe der Tür. Gepäck hatte Marga nicht viel, eine kleine Sporttasche, die etwas Unterwäsche und ihre Zahnbürste enthielt. Frau Markmann machte ihr klar, dass sie im Haus sowieso nichts besonderes an Kleidung brauchen würde, sie bekäme für ihre Arbeit entsprechende Kittel gestellt und das müsse genügen. Um die finanzielle Seite kümmere sich dann ihr Ehemann, der Herr Direktor. "Heute Abend brauchen wir Sie nicht mehr, fügte sie hinzu, "morgen früh stehen Sie dann um 6.00 in der Küche zu Verfügung", sprach`s und verließ den trostlosen Dienstbotenraum.

Marga konnte lange nicht einschlafen. Sollte sie abhauen? Aber wohin? Sie kannte niemanden hier, war von einer Schlepperbande aus Polen herausgeschleust worden und mitten in der Stadt abgesetzt. Sie sollte sehen, wie sie selbst zurecht kam. Vielleicht war es ja gar nicht so schlecht hier für den Anfang. Wenn sie dann etwas Geld verdient hatte, würde sie weitersehen. So jedenfalls stellte Marga sich das vor. Leider fand sie allzu schnell heraus, dass dies selbst für einen Anfang nicht ganz das gelbe vom Ei war. Sie hatte einen 12-Stunden Tag, kaum Zeit, mittags im Stehen die Reste der Markmännischen Mittagsmahlzeit zu verzehren und überhaupt keine Zeit, sich irgendwann einmal auszuruhen. Ihre Arbeitskittel waren hübsch gearbeitet und sahen gut aus (schließlich hatten Markmanns häufig Besucher), doch darunter war nur noch Marga hübsch gearbeitet, um nicht bearbeitet zu sagen. Direktor Markmann bestand nämlich darauf, dass Marga auf ihre fadenscheinige Unterwäsche verzichtete, sie solle sie doch für später einmal schonen, befand er mit einem süffisanten Lächeln. So fand sie sich in den seltenen freien Minuten meistens irgendwo an eine Wand geklemmt, der schnaufende Direktor über und in ihr oder, wenn er weitergehende Gelüste hatte, des nachts auf ihrem schmalen Bett gut zugedeckt.

Marga ekelte sich vor Direktor Markmann. Sie fühlte sich benutzt und beschmutzt, wusste jedoch nicht, was sie tun konnte. Frau Markmann einen Hinweis zu geben, wäre absolut überflüssig gewesen, die wusste schließlich genau, wer ihr ihren holden Gatten von der Pelle hielt. Besser hätte sie es gar nicht treffen können, er blieb brav zu Hause, trieb sich nicht mit irgendwelchen, eventuell kranken Callgirls herum und bestärkte sein Ansehen als untadeliger Ehemann. Ein glückliches Ehepaar, wahrhaftig, Freunde und Feinde konnten sich nicht genug wundern über die nach langer Zeit eingekehrte Harmonie. Selbst Neid kam gelegentlich auf, wurde jedoch nicht laut.

Marga hielt jedoch nicht nur ihre untere Kittelöffnung offen. Auch Augen und Ohren schulte sie mit der Zeit. So bekam sie denn mit der Zeit mit, dass Direktor Markmann nicht immer so wohlhabend gewesen war. Er hatte sich durch Betrügereien und Unterschlagungen von Kundengeldern in der Bank, in der er im Vorstand war, ein nettes, fettes Vermögen in Form von Aktien, Anleihen und Bargeld beschafft. Seine Frau war mit einer Schmuckkollektion ausgestattet, die jede Herzogin vor Neid hätte erblassen lassen. Marga hatte eines Abends bemerkt, dass die Tür des Büros im hinteren Teil des Hauses noch einen Spalt geöffnet war. Sie machte Augen und Ohren weit auf. Sie hörte, wie Direktor Markmann seiner Frau im Flüsterton erklärte, bei welcher Bank und in welchem Schließfach die kleine Rücklage fürs Alter verstaut seien. "Für den Notfall, sollte mir einmal etwas zustoßen", fügte er beschwörend hinzu. Marga musste sich ein Kichern verkneifen. "Bei ihm stößt sicher keiner zu", dachte sie und ein kleiner Kobold hüpfte munter auf einem Bein in ihrem Kopf herum. Marga horchte weiter. "Wo finde ich den Schlüssel?" Fragte Frau Markmann ebenfalls flüsternd. Er sagte es ihr, noch einen Ton gedämpfter, jedoch Margas Ohren waren in der Zwischenzeit gut geschult. Sie erfuhr es.

Während der nächsten Wochen wartete Marga. Sie wartete darauf, einmal für einige Zeit allein im Haus zu sein, was leider sehr selten vorkam. Frau Markmann war die meiste Zeit daheim, sie ließ sich eher Besuch ins Haus kommen als selbst unter die Leute zu gehen. Herr Direktor kehrte mittags für zwei Stunden heim und kam des Abends auch nicht sehr spät zurück. Von Überstunden hielt er nichts mehr, seit Marga im Haus und zur Verfügung war. Doch Margas Chance sollte kommen. Direktor Markmann erlitt einen Schlaganfall, nachdem er sich wieder einmal besonders heftig in der unteren Kittelregion ausgetobt hatte. Vorsichtshalber wurde er ins Krankenhaus gebracht. Diesmal ließ es sich die Frau Direktor nicht nehmen, ihren Gatten zu begleiten und ihm die füllige Hand zu halten.

Margas Stunde war gekommen. Sie verlor nicht eine Minute Zeit. Sowie die Rücklichter des Krankenwagens aus ihrem Blickfeld verschwunden waren, spurtete sie zum Arbeitszimmer. Die Tür war offen, in dem ganzen Durcheinander hatte keiner der beiden Sklaventreiber daran gedacht, sie abzuschließen. Marga besorgte sich im Handumdrehen den kleinen Schlüssel für das Schließfach. Eine Vollmacht stellte sie sich an der Schreibmaschine selbst aus, Tippen hatte sie in der Schule gelernt, und die Unterschrift von Herrn Direktor hatte sie bereits seit Wochen geübt und beherrschte sie schwunghaft. In der Bank erzählte sie die betrübliche Geschichte von Herrn Direktors Herzanfall, verlegte ihn vorsichtshalber, um sich vor schnellen Rückfragen zu schützen, in ein anderes Krankenhaus und erklärte, dass der Herr Direktor dringendst und unbedingt etwas aus seinem Schließfach benötige.

Normalerweise wäre der zuständige Angestellte trotzdem noch misstrauisch gewesen. Jedoch hatte Direktor Markmann bei jeder sich bietenden Gelegenheit von seiner ach so tüchtigen Hausangestellten geschwärmt, mit der seine Frau ebenfalls absolut zufrieden sei und die man mit allen nur möglichen schwierigen Aufgaben betreuen könne. Bereits zwei Stunden später saß Marga in einem Flugzeug, eine gut gefüllte Reisetasche neben sich. Die alte Unterwäsche hatte sie den Markmanns dagelassen, dafür jedoch ein Reisekostüm der Frau Direktor abgezweigt. Es war zwar etwas weit in der Taille, doch für die Reise ging es.

Frau Markmann hatte ihrem Gatten nichts vom Verschwinden von Marga erzählt. Die Ärzte hatten ihr versichert, dass Aufregung ihm schaden würde und nicht sicher sei, ob er einen weiteren Schlaganfall überstehen würde. Sie wusste inzwischen, dass das Schließfach in der Bank leer war. Doch was sollten sie tun? Zur Polizei gehen? Dann würde sich auch die Frage stellen, woher denn die verschwundenen Reichtümer stammten. Sie konnten überhaupt nichts tun, nur schweigen. Freunde und Feinde, die letzteren mit innerlichem Grinsen, bedauerten sie und verkündeten überschwänglich, das sie so etwas von Marga nicht geglaubt hätten. Na ja, da könne man mal wieder sehen, dass selbst die goldenste Perle nicht vollständig golden sei. "Aber jetzt vergoldet", seufzte Frau Markmann innerlich.

Als Direktor Markmann schließlich aus dem Krankenhaus entlassen wurde, brachte ihm seine Frau behutsam bei, was in seiner und ihrer Abwesenheit geschehen war. Direktor Markmann wurde blass, dann rot im Gesicht, er keuchte und fiel in einen Sessel. Er schnappte nach Luft, Frau Markmann rannte nach den Herztabletten und einem Glas Wasser. Nachdem er sich wieder ein wenig erholt hatte, zeigte sie ihm eine bildschöne, wunderbar farbige Postkarte aus Mauritius. "Von Marga", flüsterte sie. Darauf stand: "Gute Genesung und vielen Dank. Kittel haben mir noch nie besonders gut gestanden!"

# Innere Werte

Hermann legte viel Wert auf die "inneren Werte." Er wusste zwar bis heute noch nicht so recht, was er sich eigentlich darunter vorstellen sollte, obwohl er inzwischen fast 30 Jahre alt war. Doch seine Mama hatte immer zu ihm gesagt: "Wenn du einen Menschen richtig beurteilen willst, dann suche nach seinen inneren Werten." Und Hermann hielt viel darauf, was Mama gesagt hatte. Leider konnte sie ihm auf der Suche nach dieser wertvollen Eigenschaft nicht mehr helfen, sie war seit einigen Jahren schon tot. Hermann erinnerte sich voller Grauen an diesen entsetzlichen Tag, oder vielmehr diesen entsetzlichen Abend. Als er damals von seiner Lehrstelle in einer Autoschlosserei zurückkehrte, empfing ihn eine Nachbarin vor dem Haus. Sie legte ihm fürsorglich den Arm um die Schultern, streichelte ihm über den Rücken und sagte leise: "Armer Hermann, du weißt es sicher noch nicht, aber deine arme Mutter ist tot, sie wurde ermordet." Hermann sah sie nur wortlos an und befreite sich aus dem ihm lästigen Arm. Er schüttelte sie regelrecht ab und rannte ins Haus. Doch die Wohnungstür war von der Polizei versiegelt worden. Die Nachbarin holte ihn wieder ein und sagte ihm, er solle sich auf der Wache melden. Hermann nickte nur. Er ließ sich das Entsetzliche von einem väterlich tuenden, älterem Polizeibeamten erklären. Seine Mutter war aufgeschlitzt worden, der Mörder hatte in ihren Eingeweiden gewühlt, sie sozusagen verwüstet. "Ein grauenvoller Anblick," sagte der Beamte und blickte Hermann aus betrübten, wässerigen Augen an. "Es wurde nichts gestohlen," fügte er hinzu. Ob Hermann vielleicht eine Idee habe, wer so etwas...?" Hermann hatte nicht. Die Leiche wurde freigegeben und die Beerdigung fand statt. Der Mörder wurde nicht gefasst. Hermann wohnte weiter in der alten Wohnung, sie war nicht teuer, er konnte sie sich auch alleine leisten.

Die Zeit verging, Hermann suchte weiter nach "inneren Werten." Langsam verzweifelte er, noch immer hatte er nicht gefunden, wonach er suchte und suchen sollte. Hin und wieder fand er ein Mädchen, das ihm verheißungsvoll erschien, doch die Enttäuschung war groß, wenn er sich der Sache näherte. Er konnte noch so genau forschen, im Endeffekt blieb er ratlos und stand mit befleckten, doch leeren Händen da. Langsam kam ihm der Verdacht, dass seine Mama ihn belogen haben könnte. Denn selbst bei ihr war er nicht auf die "inneren Werte" gestoßen, und woher hätte sie davon wissen sollen, wenn sie selbst nicht in deren Besitz gewesen war?

# Gesundheitsbewußt

D er Geschäftsmann musste jeden Tag durch eine Passage gehen, in der ein Penner saß und bettelte. Es ging ihm auf die Nerven. Der Typ saß einfach da, auf einer alten Decke, unrasiert, verdreckt und mit einer Flasche im Arm. Ungeniert verlangte er von den Vorbeigehenden Geld. "Habe Hunger!" deklamierte er laut und nahm einen Schluck aus der Pulle. Der Geschäftsmann hatte ihm noch nie etwas gegeben. Doch heute war ein besonderer Tag, er hatte Geburtstag und war irgendwie in Geberlaune. Er fischte einen 10 Mark Schein aus der Manteltasche und hielt ihn dem Penner hin. Dabei sagte er: "Das ist nicht für Schnaps gedacht, mein Lieber, kaufen Sie sich in der Imbissstube dort drüben eine belegte Semmel oder so was". Hastig ging er weiter, ohne den Dankesworten des Penners Beachtung zu schenken. Nach einigen Schritten drehte er sich jedoch wieder um. Er beobachtete, wie sich der Mann erhob und mit wankenden Schritten auf die Imbissstube zuging. Wollte der sich wirklich und wahrhaftig etwas zu essen kaufen? Neugierig geworden, folgte er dem Penner. Dieser betrat tatsächlich den Imbissladen. Vor ihm waren nur zwei Kunden, soviel konnte der Geschäftsmann durch die Scheibe beobachten. Die Verkäuferin hinter der Theke rümpfte die Nase, als sie den wartenden Mann erblickte, der eine Dunstwolke von Alkohol, Gestank und noch irgend etwas Undefinierbarem ausströmte. Man konnte förmlich sehen, wie sich die Härchen auf ihren dicken Armen aufstellten. Doch Kunde war Kunde. Endlich war der Penner an der Reihe. "Sie wünschen?" Vorsichtshalber trat sie einen halben Schritt von der Theke zurück. "Was ist da drauf?" Fragte der ungewaschene Typ und wies mit einem schwarzgeränderten Zeigefinger auf ein halbes französisches Baguette, dick belegt mit Fleischsalat, Eiern, Gurken, Salatblättern und jeweils einer Scheibe Wurst und Käse. Die Verkäuferin begann, die Zutaten aufzuzählen: "Fleischsalat.". - "Halt, Stopp", unterbrach sie der Penner. "Was für Majonäse wurde für diesen Salat benutzt? Wie viel Prozent Fettgehalt enthält die?" - Die Verkäuferin stutzte. Dann fasste sie sich wieder und erwiderte: "Das ist Halbfettmajonäse, die machen wir selber". Der Penner nickte, war aber noch nicht zufrieden. "Was für eine Wurst haben Sie da verarbeitet? Lyoner? Oder etwa irgendwelche anderen Wurstreste? Wie sieht es mit dem Haltbarkeitsdatum aus? Welche Inhaltsstoffe sind sonst noch in dem Salat?" Bei der Verkäuferin bildeten sich jetzt kleine, feine Schweißperlen auf der Stirn. Sie hustete nervös. "Der Fleischsalat ist vollkommen in Ordnung", sagte sie, "er wurde heute früh frisch angerichtet". - "Das bestreite ich doch gar nicht", erhielt sie zur Antwort. "Ich will nur wissen, ob da nicht gefährliche E-Stoffe enthalten sind, Sie wissen schon, gesundheitsschädigend und so". Der Penner kramte in seiner ausgebeulten, verschmutzten Manteltasche und holte ein zerknittertes, abgegriffenes Blatt Papier hervor. "Da, sehen Sie selbst", und mit diesen Worten hielt er der immer stärker schwitzenden Verkäuferin das Blatt hin. Sie weigerte sich, es entgegen zu nehmen. "Da sind keine solchen Sachen drin", sagte sie schwach. "Na gut", meinte der Penner und steckte das Papier umständlich zurück in die Manteltasche. In der Zwischenzeit hatte sich hinter ihm bereits eine längere Schlange wartender Berufstätiger gebildet. Auch der Geschäftsmann hatte sich eingereiht, da er das spannende Geschehen von draußen nicht hatte verfolgen können. Der Penner wies auf eine Gurkenscheibe, die aus dem Baguettebrötchen hervorlugte. "Woher stammen die Gurken?" Wollte er wissen. "Das sind, glaube ich, stammelte die Verkäuferin, welche aus Spanien". - Der Penner stolperte zurück und trat dem hinter ihm Stehenden auf den Fuß. "Sind Sie verrückt?" Schrie er die Frau hinter der Theke an. "Das kann doch nicht war sein, aus Spanien! Alle Welt weiß, dass Gurken und Tomaten aus Spanien voller Pestizide sind. Wie können Sie bloß so etwas verkaufen wollen". Indigniert schüttelte er den Kopf. Die Leute wichen hinter ihm zurück, womöglich konnten Läuse fliegen!

Die Verkäuferin zitterte, ihr Kopf war hochrot. Hilfesuchend schaute sie die anderen Wartenden an, doch die wollten sich nicht einmischen. Einige verließen sogar den Laden wieder. Der Penner räusperte sich: "Was ist mit dem Ei da los? Stammt das etwa von Hühnern aus einer Legebatterie? Sind wohl Salmonellen drin, wie? Schaut irgendwie komisch aus". Er kratzte seinen verfilzten Kopf. - "Die Eier sind von freilaufenden Hühnern, wir kaufen sie bei einem Bauern", brachte die Verkäuferin mit schwacher Stimme hervor. - "Das kann jeder sagen, und der Bauer hat sie aus einem Drahtkäfig", grinste der Penner. "Nun gut, aber wo der Käse her ist, können Sie mir doch bestimmt sagen". Erleichtert nickte sie: "das ist bayerischer Emmentaler". - "Nanu", kam es wie aus der Pistole geschossen aus den zahnlückigen Reihen des Pennermundes, "ich dachte immer, Emmentaler ist aus der Schweiz?" Die Leute hinter dem Mann kicherten. Auch der Geschäftsmann konnte sich ein Grinsen nicht verkneifen. Das war ja ein echt cooler Typ, dieser Penner! Der langte jetzt mit seiner rechten Hand über die Theke und zerrte die Scheibe Wurst aus dem Brötchen. Ehe die Verkäuferin noch eingreifen konnte, (was ihr sowieso nicht gelungen wäre), hatte er das Wurststückchen in den Mund gestopft und kaute genussvoll. "Scheint in Ordnung zu sein", mampfte er. Die Verkäuferin hatte die Nase voll. Mit zittrigen Fingern ergriff sie das so gründlich in seine Bestandteile zerlegte Baguettebrötchen und streckte es dem Mann entgegen. "Da, nehmen Sie, ich schenke es Ihnen". - "Könnten Sie es nicht wenigstens in eine Serviette wickeln?" Fragte der indigniert. Sie tat es.

Kopfschüttelnd verließ der Penner den Imbissladen. Draußen biss er herzhaft in sein Beutestück. "Gut", brummelte er in seinen nunmehr eiverzierten Bart. Der Geschäftsmann war ihm gefolgt. "Sie haben das Geld von mir gar nicht gebraucht", sagte er. "Klar doch, Mann", erhielt er zur Antwort, "dafür kriege ich mindes-

tens drei Pullen flüssige Nahrung und noch dazu unverseucht".
Er stopfte den Rest des Brötchens in den Mund und rülpste laut.
"Sie kümmern sich wohl besser wieder um Ihren Job", teilte er
seinem Spender mit, "immer klappt das nicht so wie heute, und
da brauche ich wohl wieder mal 'ne Finanzspritze von Ihnen".

# Giftmord

Gelangweilt blätterte Rufus Wernhagen in der Sonntagszeitung. Nichts als Schwachsinn, was da drin stand. Lauter lächerliche Meldungen: ein Wetterbericht, der nie stimmte, Versprechungen der gegenwärtigen Regierung, die nie eingelöst wurden, ein Lottogewinner, der sich nicht auffinden ließ, ein Kind, das verlorengegangen war. Rufus Wernhagen las die Zeitung immer von hinten nach vorne, in der Hoffnung, doch noch etwas zu finden, was seinen traurigen Alltag aufheitern würde. Traurig deswegen, weil seine vermögende Frau ihn kurz hielt, ihm außer einem Taschengeld nichts in die Hand gab, um seinen ausgedehnten Hobbys zu frönen. Seine letzte Geliebte hatte sich bereits vor Wochen von ihm losgesagt, da er nicht einmal in der Lage gewesen war, sie in das teuerste Restaurant der Stadt einzuladen. Er seufzte. Es war alles so hoffnungslos, wenn er Hilda doch nur loswerden könnte!

Rufus war auf der Seite mit den Schlagzeilen angelangt. Er stutzte und schaute genauer auf die Meldung, die mit dicken, schwarzen Balken die erste Seite verunzierte. "Erpressung" stand da. Rufus beugte sich vor und begann, den folgenden Artikel aufmerksam zu lesen. "Es wird dringend davor gewarnt, Thunfischkonserven der Marke Fischgut zu kaufen oder zu verzehren", las er. "Eine noch unbekannte Erpresserbande hat dem Hersteller dieser Fischkonserven gedroht, dass man einige der Lebensmittel mit einem tödlichen Gift versetzt habe.

Es ist noch nicht bekannt, wohin das Geld deponiert werden soll. Weitere Einzelheiten hat die Kriminalpolizei der Presse nicht genannt".

Rufus legte die Zeitung beiseite. Er ging in die Speisekammer. Richtig, da stand, genauso, wie er es noch in Erinnerung hatte, eine Dose Thunfisch der Marke Fischgut. Er nahm sie in die Hand. Hilda liebte Thunfischsalat und er würde ihr heute Abend einen zubereiten, den sie nie vergessen würde. Sie war heute morgen bereits früh aufgebrochen, um einen Tag auf der Schönheitsfarm zu verbringen. Gut so, sie würde entsprechenden Hunger haben nach dieser Kasteiung. Irgendwann in seiner Laufbahn als Schöngeist und Frauenliebling war Rufus an ein Medikament gekommen, das einen schnellen Tod herbeiführen konnte. Er würde zwei Fliegen mit einer Klappe schlagen: erstens konnte er ein üppiges Erbe antreten und zweitens konnte er noch die Herstellerfirma der Thunfischdosen verklagen.

Rufus hatte richtig vermutet. Hilda war gerührt wegen seiner Fürsorge und verschlang den köstlichen Thunfischsalat innerhalb weniger Minuten. Mit der Gabel legte sie auch das Leben aus den Händen.

Selbstverständlich stimmte Rufus einer Obduktion zu. "Ich werde diese verdammte Firma verklagen", schluchzte er bei der Befragung durch die Polizei. "Meine über alles geliebte Frau, was sind das nur für Ungeheuer". Erschöpft von seiner Trauer ließ er sich auf das helle Ledersofa im Salon seiner Frau fallen und brauchte jetzt nicht einmal die Schuhe dazu auszuziehen.

Einige Tage später läutete es an der Tür. Rufus öffnete. "Sie sind verhaftet!" Zwei Polizeibeamte streckten ihm ihre Ausweise entgegen. Rufus wurde bleich. Das konnte doch nicht sein, unmöglich! Doch er wurde eines Besseren belehrt. "Was ist denn..". ? Stotterte er. - "Die Obduktion Ihrer Frau hat ergeben, dass das Gift, an dem sie verstorben ist, unmöglich in den Fischkonserven gewesen sein kann". - "Aber sie hat doch davon... - "Ja", unterbrach ihn einer der Beamten, "aber die Dose, die wir in Ihrem Hausmüll gefunden haben, war von 2001. Die Dosen, die jetzt von der Erpressung betroffen sind, stammen aus einer 2002er Produktion. Allerdings wurde das der Presse nicht mitgeteilt".

„Ich hasse Fisch", sagte Rufus.

# Franz und das alte Sofa

F ranz hatte es sich auf dem alten Sofa seiner Tante Mariechen
bequem gemacht. Das Ding war wirklich uralt, der Stoff bereits verschlissen und die altrosa Röschen auf braunem Grund
des Bezuges ziemlich verblasst. Die altmodischen Sprungfedern
krachten, wenn man sich darauf niederließ. Doch Franz liebte
dieses Erbstück. Außerdem hatte er durch zweijährige Übung, so
lange war Tante Mariechen schon tot, herausgefunden, wie er
seine Knochen am besten auf dem guten Stück anordnen konnte.

Er angelte nach der Zeitung und seiner Brille, die beide neben
ihm auf dem zerkratzten Holzboden lagen. Nachdem er sich
selbst und seine Gliedmaßen in die richtige "Altes Sofa Position"
gebracht hatte, schlug er die Zeitung auf. Zuerst blätterte er gelangweilt herum, nichts Neues, wie immer nur der Wetterbericht,
der sowieso nie stimmte und die Ehrenhaftigkeit ausstrahlenden
Gesichter korrupter Politiker. Franz wandte sich den Kleinanzei-
gen zu. "Hundehalsband entlaufen" las er. Das ließ ihn stutzen.
Ein entlaufenes Hundehalsband? Das gab das doch wohl nicht.
Er schaute genauer hin. Ach so, auf die Schnelle hatte er sich ver-
lesen. Da stand: "entlaufener Hund mit Halsband". Franz grinste
vor sich hin. Das nannte man ja wohl eine Freudsche Fehlleis-
tung. Obwohl, na ja, in diesem Zusammenhang passte das nicht.
Wenn da gestanden hätte: entlaufene Frau mit Perlenkette". Was
hätte wohl sein übereifriger Geist daraus gemacht? "Entlaufene
Fraukette?" Oder gar: "laufende Perlen?" Oder auch "entlaufene
Perlenkettenfrau?" - Jetzt fängst du aber zu spinnen an, rief er
sich zur Ordnung. Und alles bloß, weil Brigitte abgehauen ist.

Franz war erst seit einigen Monaten mit Brigitte zusammen. Er
mochte sie sehr und hatte gehofft und geglaubt, dass sie ihn auch
nicht so übel fand. Das tat sie ja auch nicht, nur das alte Häuschen

von Tante Mariechen fand sie zum Davonlaufen. Franz hatte sie gebeten, bei ihm einzuziehen, da war Brigitte dann davongelaufen. Sie wollte eine moderne, helle, edel eingerichtete Wohnung. Franz überlegte und blätterte weiter in der Zeitung. Vielleicht sollte er doch eine Annonce aufgeben und das Häuschen verkaufen? Wenn genug dabei heraus sprang, konnte er eine kleine moderne, helle, edel eingerichtete Eigentumswohnung erwerben und Brigitte kehrte zu ihm zurück.

Franz legte die Zeitung beiseite und sich selbst zurück, den Kopf auf die harte Seitenlehne des Sofas gestützt. Er gähnte. Wie sollte er die Anzeige formulieren? Vielleicht: altes, kleines Häuschen mit vier Zimmern, wenig Komfort, funktionierendem Klosett und romantischem Garten für Bastler zu verkaufen?" Die Möbel würde er auch mit loswerden müssen, also besser noch: "Vollmöbliertes antikes Haus mit vier übersichtlichen Räumen (keiner davon hatte mehr als 18 Quadratmeter), intakten und gepflegten Leitungen, romantisch gelegen in ruhiger Umgebung mit Blumen- und Gemüsegarten, alter Baumbestand (die Ameisen saßen bereits in den Borken der Obstbäume), umständehalber sehr günstig an Liebhaber gehobener Wohnkultur zu verkaufen". Ja, so ungefähr müsste das aussehen. "Gehobener Wohnkultur", das war gut, fand Franz. Die alten Dielen hoben sich ja wirklich schon.

Franz schlief ein. Er träumte. Vor dem Häuschen stand eine lange Schlange von Menschen, die alle das antike Haus besichtigen wollten. Sie drängelten sich und schimpften, jeder wollte der Erste sein, man stritt sich bereits darum, welche Vorhänge zur Straßenfront hin angebracht werden müssten. Ein älteres Ehepaar hatte das unverdiente Glück, als erstes eintreten zu dürfen. Sie boten eine horrende Summe für das Haus. Franz ließ sich die Anschrift und Telefonnummer geben und versprach, am Abend anzurufen. "Sowie ich mit den anderen Interessenten gesprochen habe", sagte er energisch. Es folgte eine lange Reihe von Personen, die Franz alle wie in Trance im Häuschen herumführte. Alle wollten es haben, alle! Franz wurde unsicher, wieso wollte er überhaupt verkaufen? Dann fiel es ihm wieder ein "Brigitte".

Am späten Nachmittag betrat eine junge Frau das Haus, nein, eher noch ein Mädchen. Sie hatte rotes, krauses Haar und eine Stupsnase. Das erste, was sie tat, als sie in das Wohnzimmer kam, war, sich mit einem Plumps auf das alte Sofa zu schmeißen. Quietschend sprang sie wieder auf, sie hatte sich auf eine Sprungfeder gesetzt und diese hatte sie unsanft in den, wie Franz jetzt bemerkte, hübsch gerundeten Popo gestochen. Sie ließ sich jedoch nicht beirren und versuchte es sofort an anderer Stelle. Dieses Mal gehorchten die Sprungfedern und murrten nur ganz leise. Sie strahlte Franz an. Ich heiße Greta Mühlenbeck, stellte sie sich vor. Und ich will dieses Haus haben. Franz lächelte. "Können Sie sich das überhaupt leisten?" Fragte er mit gelindem Zweifel. Greta sah zu ihm auf: "Ich kann. Ich habe nämlich von einem Onkel eine ganz moderne, helle, und auch edel eingerichtete Eigentumswohnung geerbt. Nur leider mag ich nicht darin wohnen. Ich verkaufe sie und nehme dafür das Haus hier". Franz sah das Mädchen verblüfft an. Konnte es denn so etwas geben? Die war wohl verrückt oder was. "Ich", sagte Franz, und betonte das "ich", will eine moderne Wohnung. "Das ist ja toll", lachte Greta, "dann können wir doch vielleicht tauschen". Franz schaute sie unsicher an. "Es gibt noch jede Menge Interessenten", sagte er. "Ich kann mich nicht so schnell entschließen". Greta schaute durch die offene Tür nach draußen. Es waren zwar nicht mehr so viele Leute da wie am Anfang, doch es reichte immer noch. Sie öffnete den Mund und ein gellender Schrei entfuhr ihr. Die Leute draußen sahen beunruhigt zur Tür des Hauses. Greta schrie weiter, Franz war, soweit es bei der Enge des Zimmer möglich war, zurückgewichen. Ein tapferer "antikes-Haus-Interessent" wagte sich durch die Tür. "Was ist los?" Fragte er ängstlich. Greta deutete, immer noch spitze Schreie ausstoßend, in eine Zimmerecke: "Da, sehen Sie, Mäuse, Ungeziefer, Ratten!" Obwohl der Mann nichts sah, lief er erschreckt hinaus und flüsterte den Wartenden zu: "Gehen wir lieber, das Haus ist verseucht". Hastig lief er davon, die anderen Interessenten nicht weniger hastig hinterher. Greta klappte den roten Mund wieder zu und grinste. Franz schaute sie ziemlich entgeistert an. Es dauerte eine Weile, bis er die Sprache wiedergefunden hatte. "Was sollte das denn?" Fragte er schließlich empört und wütend. "Konkurrenz ausgeschaltet", lächelte Greta ganz bezaubernd und blickte aus runden, blauen Augen zu ihm auf. Franz machte einen Schritt auf sie zu, noch einen. Er wollte sie packen und aus dem Haus werden. Doch sie warf sich in seine Arme. Na ja, geworfen wurde jedenfalls.

Als Franz aufwachte, lag er auf dem Fußboden. Eine Sprungfeder ringelte sich aus dem Sofastoff rostig empor. Ärgerlich schüttelte Franz den Kopf. Was für ein saublöder Traum. Außerdem hatte Brigitte lange blonde Haare und braune Augen. Und sie wollte kein altes Haus.

Am nächsten Tag gab Franz die Anzeige in der Tageszeitung auf. Das wäre doch gelacht, wenn er den alten Kasten nicht loswerden sollte. Einige Tage später klingelte es am Abend an seiner Tür. Franz hatte es sich gerade vor dem Fernseher gemütlich gemacht. Noch ganz in das Geschehen auf dem Bildschirm verstrickt, öffnete er die Tür. Davor stand Greta. Greta? Franz musste dringend einen Psychiater aufsuchen. Jetzt sah er schon Leute, von denen er nur geträumt hatte. Er wurde wahrscheinlich langsam schwachsinnig, debil, oder war das gar Alzheimer? Allerdings war das wohl mit 30 Jahren höchst unwahrscheinlich. Jedenfalls hatte er bestimmt einen Knick in der Birne. Greta machte den Mund auf: "Ich komme..". Weiter kam sie nicht. "Bitte nicht wieder kreischen", sagte Franz beschwörend. "Sie können es haben". Das junge Mädchen, oder vielmehr doch junge Frau, wie Franz bei genauerem Hinsehen feststellte, riss die Augen auf. "Wieso sollte ich..". ? Aber wieder kam sie nicht weiter. "Sie kriegen das Haus", sagte Franz begütigend, "Sie kriegen es aber nur, wenn Sie mich auch in Kauf nehmen". Franz hatte sich innerhalb weniger Sekunden entschlossen, zu bleiben. Dies war sein Haus, basta! Greta (oder wie hieß sie eigentlich?) Zögerte etwas, dann sagte sie strahlend: "Das lässt sich vielleicht einrichten, ich wollte sowieso untervermieten".

"Total abgefahren", grinste Franz. Dann mal rein mit Ihnen, Greta". Sie schüttelte ihre roten Locken: "Ich heiße aber nicht Greta, ich bin die Brigitte". - "Auch egal", sagte Franz und grinste wieder (hoffentlich nicht dümmlich, dachte er. "Und ich bin der Franz".

# Mannis Maske

Heute geht Manni ohne Maske aus dem Haus. Das ist eine Ausnahme, aber heute fühlt er sich dazu imstande, heute ist ein besonderer Tag. Er hat morgens in den Spiegel geschaut und sein Gesicht genau studiert. Ohne Maske. Was er sah, war nicht einmal so übel, heller Teint, eine lange, gerade Nase, eng stehende grüne Augen, überwölbt von gleichmäßigen braunen Augenbrauen in der Farbe seiner gelockten Haare, die ziemlich kurz geschnitten waren. Wegen der Maske.

Manni läuft die Straße entlang, schaut rechts und links und winkt einigen Leuten freundlich zu, nickt ihnen zu, hebt grüßend die Hand. Merkwürdig, die reagieren nicht auf seine grüßenden Gesten. Er fasst in sein Gesicht. Nein, er hat die Maske wirklich nicht auf. Warum ignorierten ihn die Leute? Im Vorbeigehen prüft er in einer Schaufensterscheibe sein Äußeres. Das ist in Ordnung, er sieht ordentlich aus, gut gekleidet und ein Lächeln umspielt seine schmalen Lippen. War es vielleicht dieses Lächeln? Er versucht, es mit der Hand aus dem Gesicht zu wischen und blickt noch einmal in die Scheibe. Das Lächeln ist noch da!

Etwas unsicher setzt Manni seinen Weg fort. An dem kleinen Eckladen, wo er immer seine Zeitung kaufte hält er inne und stößt dann entschlossen die Tür zum Laden auf. Die kleine Glocke bimmelte. Mit einem Schritt ist er an der Verkaufstheke. Er wartet darauf, dass ihm der Inhaber wie immer seine gewünschte Tageszeitung reicht, doch das geschieht nicht. Stattdessen wird er gefragt: Was kann ich für Sie tun?" Manni erstarrt. Irgend etwas stimmte hier nicht, der Mann kannte ihn doch schon seit Jahren. Was war bloß los? – „Ich bin es, Manni", sagt er zögernd. Der alte Mann schaut ihm ins Gesicht. „Ich habe Sie noch nie hier gesehen", erwidert er und hüstelt leise. Manni versteht nichts mehr. Er will aber keine Diskussion, zu langem Gerade ist ihm nicht zumute. Er nimmt seine Zeitung aus dem Regal und zahlt.

Im Supermarkt erledigt er seine Einkäufe, kauft, weil sich dieser Tag so besonders anfühlt, auch eine Flasche Rotwein. Die wird er am Abend beim Fernsehen trinken. An der Kasse sagt er zu der Kassiererin: „Wie geht es Ihnen heute, ist das nicht ein schöner Tag?" – Die junge Frau grummelt ohne aufzusehen: „was soll an einem Arbeitstag schon schön sein?" Sie schaut ihm dann doch ins Gesicht, erkennt ihn aber nicht. Was ist bloß mit den Leuten los?

Auf dem Heimweg schaut Manni nochmals in die Schaufensterscheiben. Das Lächeln ist noch da, als wäre es in seinen Mundwinkeln fest gefroren. Manni gefällt das, er beschließt, von nun an des öfteren auf seine Maske zu verzichten.

Vor der Wohnungstür stolpert er und stößt seinen großen Zeh an der Türschwelle an und verzieht schmerzverzerrt das Gesicht. Im gleichen Moment geht die Tür der Nachbarswohnung auf.
„Hallo Manni", sagt der Nachbar, „lange nicht gesehen". Er hat ihn also erkannt. Manni nickt nur und flüchtet sich in seine Wohnung. Er humpelt ins Bad, schaut wieder in den Spiegel: die Maske ist wieder da, das Lächeln verschwunden.

# Die Geschichte vom Lastkran, der eine Schiffssirene sein wollte

Peter und sein Freund Horst durchstreifen den Hafen. Jeden Tag nach der Schule gingen sie hierher. Das Be- und Entladen der Schiffe aus aller Welt, der Lärm, das Getöse, der Geruch, zusammengesetzt aus Öl, Algen, Salzwasser und vielen anderen undefinierbaren Dingen stieg ihnen in die Nase und in den Kopf. Eigentlich durften sie sich hier nicht aufhalten, aber immer fanden sie einen Weg und versteckten sich dann hinter himmelhoch aufgestapelten Kisten, riesigen Taurollen oder alten, rostigen Containern. Sie beobachteten, wie die großen Lastkräne ächzend und stöhnend, angestrengt, gleichsam ihre Muskeln spannend, mit weit aufgesperrten Mündern die Güter aus fremden Ländern aufnahmen, in die Höhe hievten und wieder auf dem Boden absetzten.

Einer dieser Kräne gefiel den beiden Jungen besonders gut. Es kam ihnen vor, als ob dieser außer den üblichen Geräuschen noch ein weiteres von sich gab: er hörte sich manchmal an wie ein kleiner Junge, der gerne das Pfeifen lernen wollte und dem es immer noch nicht gelang. Jedenfalls behauptete Peter das. Horst meinte, dieser Lastkran gehöre schon seit längerer Zeit ordentlich geölt. "Der quietscht eben einfach", sagte er. Sie stritten sich beinahe. Peter gab nicht nach: "das ist kein normaler Lastkranton", behauptete er, "das ist es wirklich nicht". Horst hob nachlässig die Schultern und schüttelte nur den Kopf. War ihm doch egal, ob das Ding normal oder, wie sagte seine Mutter immer? - schizophren war. Dann eben ein schizophrener Lastkran, Hauptsache, der konnte noch Lasten heben. Wenn er nebenbei auch Pfeifen lernen wollte, na und?

Gebannt verfolgten die zwei Jungen, wie der Arm des Lastkrans sich wieder auf das Deck des Schiffes senkte. Die riesigen Greifer öffneten sich langsam, senkten sich wieder und schlossen ihre riesigen Zähne um einen dicken Ballen Baumwolle. Dann hob sich der Arm wieder in den Himmel und das Geräusch, das Peter festgestellt hatte, ertönte. "Der versucht echt zu pfeifen!" Peter boxte seinen Freund in die Rippen. "Pass einfach einmal auf, ja? - Immer, wenn er wieder oben in der Luft ist, kommt dieses Geräusch".

Horst passte auf. Als der Arm wieder seinen höchsten Punkt im blauen Himmel erreicht hatte, ertönte gleichzeitig die Schiffssirene eines einlaufenden Schiffes. Den Kran durchzog ein leises Beben, fast unmerklich, ein winziges Zittern. Als die Töne der Sirene verklangen, bemerkten jetzt beide Jungen den merkwürdig unbeholfenen Pfeifton. Sie schauten sich an. Dann blickten sie auf den Lastkran. Ehemals war der rot angestrichen gewesen, doch im Laufe der Jahre hatte sich niemand die Mühe gemacht, die Farbe zu erneuern. Hauptsache, die Funktion, egal, wie das aussah. Mit zusammengepressten Lippen und zusammengekniffenen Augen verfolgten die Jungen die Arbeit des Krans. Wieder hatte er die höchste Stelle im Himmel erreicht und wieder ertönte das leise, unbeholfene, fast rührend anzuhörende Pfeifen. Aus weiter Ferne konnte man die schrille Sirene eines weiteren Schiffes hören, das den Hafen bald anlaufen würde.

Plötzlich blieb der Lastkran mitten in der Bewegung stehen, rührte sich nicht, bewegungslos verharrte er mitten in einer kleinen weißen Wolke. Der Kranführer drückte verzweifelt auf die Bedienungsknöpfe und sah sich nach Hilfe um. Die beiden Jungen duckten sich. Horst nahm Peter beim Arm und zog ihn auf die Knie. "Der Typ muss uns nicht unbedingt sehen", meinte er. " - "Na Klasse, " flüsterte Peter, "Mensch, wir müssen weiter, sonst gibt es Ärger". Sie schlichen aus ihrem Versteck, richteten sich nach einiger Zeit auf und rannten um die Wette. "Bis später", brüllte Horst seinem Freund zu, als er die Kurve in seine Straße nahm, wir gehen noch mal hin, oder?" - "Gebongt", schrie Peter zurück, obwohl keiner von ihnen schwerhörig war.

Sie trafen sich am späten Nachmittag wieder, als bereits lange Schatten über den Hafen wanderten. Obwohl hier und da trübe Lampen das Hafengebiet erhellten, wirkte alles etwas unheimlich. So spät waren sie noch nie hier gewesen.

Der Lastkran reckte noch immer seinen gefräßigen Kopf in die Luft. Die Zähne waren fast geschlossen, einsam und unheimlich sah er aus. "Der macht das nicht mehr lange", stellte Horst kühl fest, "der ist schrottreif". - Peter schüttelte den Kopf. "Die werden den schon wieder auf Trab kriegen", meinte er zuversichtlich, "die Dinger sind nämlich ganz schön teuer, weiß ich von meinem Onkel, der arbeitet manchmal hier". - "Lass uns gehen", drängte Horst, "ist langweilig hier, wenn nichts los ist".

Nur zögernd ging Peter ein paar Schritte hinter ihm her. Seine Ohren begannen ganz sachte zu singen, oder irgend etwas in seinen Ohren. Hatte er Ohrengeräusche, so wie sein Vater, der sich immer darüber Beklagte? Der Ton stieg zu einem Sirren an, langgezogen, jaulte, sprang ihn an. Peter blieb stehen, auch Horst kam ein Stück zurück. "Hörst du das auch?" Fragte er ängstlich und blickte sich suchend um. Da war nichts, niemand, keiner da, nur die alten Container standen herum und warfen ihre Schatten. Der Ton blieb. "Eine Schiffssirene", stellte Horst dann fest, "einfach eine alte, blöde Schiffssirene". Peter schüttelte den Kopf. Er schaute nach oben. Der Lastkran hatte fast unmerklich seine hässlichen, blanken Zähne geöffnet und der Ton, den sie beide hörten, schien sich daraus hervor zu kämpfen. Die

Jungen schauten sich an, schauten auf den eisernen Kopf, der über ihnen leicht schwankend Töne von sich gab. "Es kommt kein Schiff mehr herein heute", wagte Peter zu bemerken. Horst sah ihn nur an. "Willst du, dass uns jemand für doof hält? Wem sollen wir denn erzählen, dass wir einen Lastkran wie eine Schiffssirene heulen gehört haben, was? Die glauben dann, wir sind meschugge".

Das Geräusch über ihnen schwoll an, erhob sich in den jetzt dunklen Himmel. Schwang sich auf zu den vereinzelten Sternen, kitzelte den Mond und klagte wieder ab, klang zitternd langsam aus. Die Zähne des Greifers klappten wieder zusammen. Es war ruhig.

# Der Gerichtsvollzieher

Es läutete an der Tür. Erst einmal, sehr bestimmt. Dann ein zweites Mal, energisch. Bobo linste durch das Guckloch in der Wohnungstür. Den Typ da draußen kannte er, kannte ihn nur allzu gut. Der kam ihn mindestens einmal im Monat besuchen, oder sogar noch öfter? Egal, der wollte Kohle von ihm, die er nicht hatte. Trotzdem würde er die Tür öffnen, denn sonst käme der noch mit der Bullerei daher. Alles schon da gewesen und ein kaputtes Türschloss zu reparieren war teuer.

Er machte die Tür auf.

„Guten Tag", sagte der nicht besonders gut gekleidete Mann zu ihm und zückte einen Ausweis. „Sie wissen, warum ich wieder da bin, Herr Glück?"

Robert Glück murmelte unwirsch: „was soll an diesem Tag gut sein? Natürlich weiß ich, warum Sie da sind. Aber da werden Sie klein Glück haben".

„Dann wollen wir mal sehen", meinte Gerichtsvollzieher Bauer (nein, er hieß nicht Pech.)

Er trat in das spärlich möblierte Wohnzimmer. Da war wirklich nichts zu holen, genauso, wie beim letzten Mal. Der alte Fernseher würde keine 10 Euro bringen und alles andere war Sperrmüll. Das reichte nicht aus, um die horrenden Schulden von mehr als 50.000 Euro einzutreiben.

Herr Glück hatte bis dato glücklos gelebt, immer tiefer war er in die Scheiße gerutscht, hatte mehr ausgegeben als eingenommen, dann seinen Job verloren und lebte jetzt von Hartz IV. Was heißt da lebte, er befand, er vegetierte nur noch dahin. Sogar das Rauchen hatte er sich abgewöhnt, bereits vor einem Jahr.

Herr Bauer zog einen gebrechlichen Stuhl heran und setzte sich, die Unterlagen legte er auf den Tisch, neben einen Teller mit eingetrockneten Nudeln in Tomatensoße.

„Ich sehe da noch eine Möglichkeit, Sie von diesen Schulden zu befreien", sagte er und runzelte die nicht mehr ganz jugendliche Stirn bis zur Halbglatze. Bobo schaute ihn zweifelnd an. „Wie soll das denn gehen?" Fragte er mutlos.

„Sie sind jetzt 30 Jahre alt, nicht wahr?" Erwiderte der Gerichtsvollzieher. „Und wie ich sehen kann, körperlich ganz gut in Form". Bobo grinste. Wenn er auf eines Wert legte, dann auf sein Sixpack. Auch wenn er sich das Fitness-Studio nicht mehr leisten konnte, so trainierte er doch täglich mit seinen Hanteln, machte im Laufe des Tages etliche Situps und fuhr stundenlang mit seinem alten klapprigen Fahrrad durch die Gegend. Nicht, um einen Job zu suchen, das wäre sinnlos. Die Kohle würde doch nur wieder gepfändet werden. Nein, er tat das alles für sich.

Herr Bauer räusperte sich. „Herr Glück, haben Sie irgendwelche ansteckenden Krankheiten?" Bobo grinste: „Na ja, ein bisschen Herpes an den Lippen, aber ich werde Sie nicht küssen, also keine Angst".

Der Gerichtsvollzieher machte ein ernstes Gesicht. „Sie haben also keinen Leberschaden, kaputte Nieren, Herzprobleme oder sonstiges? Diabetes zum Beispiel? Und wie sieht es mit ihren Blutwerten aus? Sind die normal?" Er zog ein Blatt Papier aus seinem Stapel heraus.

„Füllen Sie dies hier aus und lassen Sie es dann von Ihrem Hausarzt bestätigen beziehungsweise ergänzen".

Bobo verstand nur Bahnhof. Was sollte das denn jetzt? Würde er kein Hartz IV mehr kriegen, wenn er nicht ganz gesund war oder was? Verwirrt schüttelte er den Kopf, so dass seine langen, glänzenden Haare nur so flogen. Interessiert blickte Herr Bauer ihn an. „Schöne Haare", sagte er anerkennend. Bobo durchfuhr ein Schauer. Musste er jetzt seine Haare schneiden lassen? Wollten die ihn etwa nach Afghanistan zum Militär schicken? Sollten alle gesunden Sozialfälle im richtigen Alter jetzt nutzbringend irgendwo in der

Pampa eingesetzt werden? Fragen über Fragen jagten durch Bobos Gehirn.

Der Gerichtsvollzieher zog ein weiteres Papier hervor. „Ich habe hier eine Liste mit Preisen", sagte er und begann vorzulesen.

„Eine Niere, macht 20.000 Euro.

Hornhaut, macht 5.000 Euro.

Leberteile, macht 10.000 Euro.

Knochenmark, macht..".

Hier unterbrach er sich selbst. „Das ist eine ziemlich lange Liste", merkte er an und blickte streng, „Sie werden fast auf einen Schlag alle Schulden los und können noch einen guten Schnitt dabei machen.

Herr Bauer stand auf. Er klopfte Bobo fast väterlich auf die Schulter. „Nur Mut, junger Mann, Sie packen das schon".

Bobo packte das nicht. Als der Gerichtsvollzieher das nächste Mal läutete, öffnete ihm niemand. Die Tür blieb verschlossen und dahinter war es totenstill.

# Das Tagebuch einer rauchenden Pessimistin

L iebes Tagebuch,
Mein Name ist Pessy, Pessy Mistin. Ich schreibe Dir jetzt, weil ich mir keinen anderen Rat weiß und vielleicht weißt Du ja was.

Gleich zu Anfang muss ich dir ein Geständnis machen: ich gehöre zu der rauchenden Minderheit.

Natürlich weiß ich, dass Rauchen schädlich ist, das wird mir ja dauernd überall um die Ohren gehauen.

Da, wo ich arbeite, ist das Rauchen am Arbeitsplatz seit einiger Zeit auch verboten. Das wäre ja nicht so schlimm, wir Raucher sehen ja ein, dass unser blauer Dunst anderen an die Nerven und auf die Gesundheit schlägt, okay, okay.

Also hatte man für uns Andersartige ein kleines, aber nicht so feines, Raucherzimmer eingerichtet. Mit einem großen Gebläse, damit der schädliche Qualm sozusagen gleich von den Lippen abgesaugt wird.
Äußerst ungemütlich, auch eine Unterhaltung mit anderen Süchtigen war damit gleich unterbunden, wir konnten uns also über unser Schicksal nicht austauschen.

Aber das ist jetzt sowieso egal, weil das Raucherzimmer inzwischen in einen kleinen, komfortablen Konferenzraum - ohne Gebläse - umgewandelt wurde.

Wir Nikotinabhängigen standen jetzt also auf der Straße beziehungsweise vor der Tür, wenn uns die Sucht wieder einmal packte.

Dich wundert, dass ich die Vergangenheit benutze? Das ist kein Wunder, weil auch diese Chance in die Vergangenheit gehört, der große Aschenbecher vor der Tür verschwand nämlich eines Tages wie von Geisterhand.

Und nachdem alle ihre Kippen einfach auf den Boden warfen, wurde das Rauchverbot auf „draußen vor der Tür" ausgeweitet.

Ganz abgesehen davon, mussten wir für diese verstohlene Pause ausstempeln. Die anderen Damen und Herren, die Kaffee trinkend in den Ecken herum stehen und Gerüchte verbreiten, müssen natürlich nicht ausstempeln, sie gehen ja sozial verantwortlich mit sich und der Umwelt um.

Die scheelen Blicke, die einem überall zugeworfen werden, wenn man seine Packung mit den Warnaufdrucken aus der Tasche holt, kann ich gerade noch verkraften. Obwohl, die entspannende Zigarette nach dem Essen oder zum Kaffee gehört, nach der Einführung des Rauchverbotes in Restaurants, auch der Vergangenheit an.

Während des Krieges, habe ich gehört, schickte man an die Soldaten an der Front Päckchen mit Zigarettenrationen und machte damit Tausende, ach was, Millionen tabakabhängig. Das spielte wohl keine Rolle, die wären so oder so verstorben. Jetzt ist das etwas anderes, wir haben schließlich keinen offiziellen Krieg mehr, nur noch den gegen die Raucher, die zwar wegen der Steuern Zigaretten kaufen sollten, aber um Himmels willen nicht auch noch rauchen.

Zigarettenwerbung ist schon lange verboten, ich weiß gar nicht mehr, seit wann. Aber die Alkoholwerbung läuft weiter, das lässt darauf schließen, dass Saufen irgendwie gesünder sein muss. Und überhaupt werden wir häufig mit Alkoholikern in einen Topf geschmissen: Wer raucht, säuft auch und umgekehrt.

Liebes Tagebuch, das hört sich jetzt alles sehr pessimistisch an, ich weiß ja.

Eigentlich wäre es doch politisch korrekt, Minderheiten zu akzeptieren. Wir sollen auf Fremde freundlich zugehen, Einwanderer herzlich begrüßen und ihre Bräuche respektieren. Wozu zählen denn wir Raucher?

Seit gestern weiß ich es: Ich erhielt ein Schreiben vom Einwohnermeldeamt. Ich sollte einen bestimmten Termin wahrnehmen um etwas entgegen zu nehmen. Natürlich ging ich als gute Staatsbürgerin da hin.

Ich erhielt, entschuldige, ich muss husten, der Qualm meiner letzten Zigarette ist mir im Hals stecken geblieben, also, ich erhielt:

Eine gelbe Armbinde mit einem Totenkopf mit Zigarette darauf, sehr hübsch stilisiert dargestellt. Die muss ich nun täglich am rechten Oberarm tragen, gut sichtbar.
Leider passt sie nicht zu meinem sonstigen Outfit, meine roten Haare beißen sich mit diesem Neongelb, aber da kann man nichts machen.

Liebes Tagebuch, das hört sich gewiss auch für dich schrecklich an, aber es wird wohl noch schlimmer kommen. Hinter vorgehaltener Hand flüstern sich die rauchenden Minderheiten etwas zu, was mir jetzt schon die Haare zu Berge stehen lässt und wenn es stimmt, weiß ich nicht, ob ich dich dahin mitnehmen kann. Es gibt da immer noch aus alten Zeiten leer stehende Gebäude und...
Aber jetzt sage ich lieber tschüss für heute.

## Über tredition

Der tredition Verlag wurde 2007 in Hamburg gegründet und ermöglicht Autoren das Publizieren von e-Books, audio-Books und print-Books. Autoren veröffentlichen ihre Bücher selbständig oder auf Wunsch mit der Unterstützung von tredition. print-Books sind in allen Buchhandlungen sowie bei Online-Händlern gedruckter Bücher erhältlich. e-Books und audio-Books können auf Wunsch der Autoren neben dem tredition Web-Shop auch bei weiteren führenden Online-Portalen zum Verkauf angeboten werden.

Auf www.tredition.de veröffentlichen Autoren in wenigen leichten Schritten ihr Buch. Zusätzlich bieten zahlreiche Literatur-Partner (das sind Lektoren, Übersetzer, Hörbuchsprecher und Illustratoren) ihre Dienstleistung an, um Manuskripte zu verbessern oder die Vielfalt zu erhöhen. Autoren können dieses Angebot nutzen und vereinbaren unabhängig von tredition mit Literatur-Partnern ihre Zusammenarbeit und partizipieren gemeinsam am Erfolg des Buches.

Zeitfracht Medien GmbH
Ferdinand-Jühlke-Straße 7
99095 Erfurt, Deutschland
produktsicherheit@kolibri360.de